넌 할수있어

넌
할 수 있어

ⓒ 김혁건, 2016

초판 1쇄 발행 2016년 9월 30일

지은이      김혁건
엮은이      김광운
윤문        김선율
교정        윤여진
일러스트    밤깨비
의학자문    서울대 의사 손혜민
표지디자인  신중수
펴낸이      이기봉
편집        좋은땅 편집팀
펴낸곳      도서출판 좋은땅
출판등록    제2011-000082호
주소        경기도 고양시 덕양구 동산동 376 삼송테크노밸리 B동 442호
전화        02)374-8616~7
팩스        02)374-8614
이메일      so20s@naver.com
홈페이지    www.g-world.co.kr

ISBN   979-11-5982-400-5 (03810)

이 도서의 국립중앙도서관 출판시도서목록(CIP)은 서지정보유통지원시스템 홈페이지(http://seoji.nl.go.kr)와 국가자료
공동목록시스템(http://www.nl.go.kr/kolisnet)에서 이용하실 수 있습니다. (CIP제어번호 : CIP2016022495)

# 넌
# 할 수 있어

김혁건 지음

좋은땅

'살아 있지만 죽음보다 못한 삶,

죽고 싶지만 혼자서는 죽지도 못하는 상태.'

그렇게 수년의 시간을 보냈다.


어느 날 갑자기 찾아온 사지마비 장애에 맞닥뜨려 부정, 분노, 우울의 시간을 거쳐 이대로의 삶을 인정하게 되기까지 숱하게 죽음을 생각하고, 고민하고, 울었으며, 스스로를 단련해 왔다. 곁에서 지켜주던 가족들은 희생하며 함께 혹독한 시간을 거쳤다.

몇 번의 계절이 흘렀다. 열심히 노력했으나 여전히 걷지 못하는 나의 상태를 받아들여야만 했다.


…하지만 나는 살아 있음의 고마움에 조금씩 눈을 떴고, 삶의 가능성을 하나씩 발견했다.


이 글은 그 과정을 처절하게 싸워내고 극복해 온 나의 기록이다.

나의 이야기가 사람들에게 용기와 희망을, 끝이 보이지 않는 터널과 같은 절망의 늪에 빠진 사람들에게 힘이 되기를 바란다. 그리고 함께 공감하며 어울려 살아가는 사회가 되는 데에, 나의 글이 조금이나마 도움이 되기를 간절히 바란다.

눈부신 조명 아래 세상의 자유를 노래하던 남자.

잔인한 어느 봄날, 그는 차가운 도로 위에 쓰러져 사지마비 판정을 받았다. 세상은 그에게 더는 두 발로 서지도, 노래를 부르지도 못할 거라고 했다. 많은 이가 눈물을 흘렸고 많은 이가 그를 잊었다. …누군가에게는 짧은, 다른 누군가에게는 긴 시간이 흘렀다.

더 이상 노래하지 못할 거라던 그가 다시 노래를 부르기 시작했다. 그의 다리가 되어주는 아버지와 눈물을 닦아주는 어머니, 넘어지지 않게 등을 받쳐주는 형과 나아갈 수 있게 끌어주는 누나… 그리고 그를 사랑하는 모든 이와 함께.

뜨거운 조명 아래 두 발로 굳게 서서 세상을 외치던 남자는 이제 따스한 햇살 아래 세상을 품에 안고 노래로 희망을 전한다.

차례

갑작스러운 교통사고

"어… 어… "

"엄마 나 있잖아…"

"사… 사…"

"사람을 친 것 같아."

"사… 살려…"

"난 괜찮은데 저 사람이 다친 것 같아."


…차에 부딪혔다. 심술궂은 아이가 홱 내던진 장난감마냥 내 몸 전체가 잠시 공중에 떠올랐다가 단번에 아스팔트 위로 떨어졌다. 숨이 안 쉬어졌다.


"사… 살려…"

"엄마. 나 어떡해?"

목이 부러진 나를 뒤로한 채 전화기만 붙들고 있는 그를 아무리 불러보아도 그는 돌아보지 않았다. 어느새 사람들이 몰려들었다. 참혹한 현장에 놀라 물러서는 사람들. 나의 모습을 보고 안타까워하는 사람들. 그리고 머리 위로 지나가는 검은 그림자.

…

저승사자일까? …통화 중이던 그는 대체 어디로 간 거지.

"119죠? 여기 홍릉사거리인데요. 사고가 났어요. 빨리 와주세요."

다시는 떠올리고 싶지 않은 그날의 한 장면이다. 기억은 잔인하게도 이 장면을 지나치게 선명한 사진으로 만들어 머릿속에 남겼다. 어느 택시 기사님의 연락으로 119가 도착하고 병원 수술실에 들어갈 때까지 내 의식은 또렷했다. 혼신의 힘을 다해 육신을 빠져나가려는 영혼을 붙잡았다.

'이대로 죽을 수는 없어. 죽기 전에 엄마 아버지 얼굴이라도 봐야지. 안 돼. 안 돼…'

…

"김 혁 건."


'더 크로스'의 리드보컬이자 김광운, 윤재례의 2남 1녀 중 막내.

그날 이후 나는 사지마비 장애인이 되었다. 삶은 처참히 무너졌고 살아가
는 이유였던 음악을 잃었다. 더 이상 노래를 할 수 없게 된 나는 살아 있어도
살아 있는 게 아니었다. 끝. 아름답던 과거도 현재도 미래도, 일생 동안 지켜
온 꿈도, 33살 청년의 더 큰 세상도, 모든 게 끝이었다. 더는 살고 싶지 않았다.


그러나 나는 다시 일어섰다.

나를 사랑하는 사람들의 믿음과 그들의 진실 된 사랑으로.

아무것도 보이지 않는 절망의 벼랑 끝에서 나는 그들의 외침을 들었다.



"넌 할 수 있어."

넌할수있어

# 1장
# 가수가 되다

어릴 적 나는 키 작고 공부도 못하고, 잘하는 거라고는 뛰어노는 일밖에 없었던 아이였다. 공부 잘하고 착한 형과 누나가 있었기에 막내였던 나는 마음껏 자유를 누릴 수 있었다. 하고 싶은 게 얼마나 많았던지 TV 속 마이클 잭슨이 〈Beat It〉을 부르는 모습을 보고는 반짝반짝 빛나는 옷을 입고 화려한 춤을 추는 가수가 되고 싶어 춤을 추다가, 지나가는 군인을 보고는 군인이 되고 싶어 나무 작대기를 총처럼 메고 다니곤 했다. 그런 내가 음악을, 노래를 사랑하게 된 것은 모두 우리 형 덕분이다. 그 시절 형은 선생님이 성악가를 권할 정도로 타고난 목소리가 좋고 노래도 굉장히 잘했었다. 늘 LP로 음악을 듣던 형 덕분에 나도 좋은 음악과 가까이 지낼 수 있었다. 가끔 형이 노래를 부를 때면 어설프게 형을 따라 하곤 했는데, 형은 그런 나를 보며 언제나 칭찬을 해주었다. 형이 칭찬을 해주는 날이면 꿈속에서도 행복했고 노래를 부르는 것은 나의 즐거움, 행복이 되었다. 내 인생 최초의 음악 선생님은 바로 우리 형이다.

시간이 흘러 고등학생이 된 나는 노래 잘하는 아이로 유명해져 있었다. 우리 학교 축제뿐 아니라 다른 학교 축제나 행사에도 초대받아 노래를 부르곤

가수가 되다

했으니, 나는 내가 세상에서 가장 노래를 잘 부른다고 생각했었고 자신감은 하늘을 마구 찔러 댔다. 내게 음악 그 이외의 것은 아무것도 중요치 않았다. '공부하러' 학교에 가는 게 싫어 친구들을 '만나러' 학교에 '놀러' 가거나 오전 내내 집에서 자다가 '점심을 먹으러' 학교에 가곤 했었다. 오죽하면 선생님

김 혁 건

이 "혁건이 왔냐? 그럼 다 왔네" 하며 허허, 웃곤 하셨다. 물론 웃음만으로 끝나지는 않았지만… 지금도 선생님들과 그 시절 이야기를 할 때면 선생님뿐 아니라 나도 함께 허허 웃곤 한다.


　1998년, 음악과 친구만으로 모든 걸 가진 듯 행복했던 나는 출석체크가 끝나면 친구들과 담을 넘어 학교를 땡땡이치고, 자취하는 친구네 집에 우르르 몰려가 엄청난 양의 라면을 끓여 먹고, 다 같이 만화책을 돌려 보다 잠이 들어 집에 못 들어가기도 하고, 술이라는 걸 먹어보고 싶어 가발을 쓰고 대학교 축제에 가서 떡볶이에 소주를 마시던 귀여운? 학생이었다. 당시 대학로에는 외국 록 뮤직비디오를 종일 틀어주는 뮤직비디오 상영관이 있었는데, 친구들과 뮤직비디오 전문 채널이었던 MTV를 시간 가는 줄도 모르고 보다 밤늦게 집에 달려가곤 했었다. 주말이면 잔뜩 들떠서 청계천으로 '해적판 록 뮤직비디오 테이프'를 사러 갔다. 그때 본 록 밴드 퀸, 스키드 로우의 공연 영

상은 지금도 잊을 수가 없다. 그 시절 록 밴드의 인기는 굉장했었는데, 신해철 형님과 블랙홀은 모두의 우상이었고, 반 전체가 록 밴드에 심취해 교실에서 머리를 흔들어 대며 록 밴드 흉내를 내곤 했었다. 물론 S.E.S나 H.O.T와 같은 여러 아이돌들도 엄청난 인기였지만 남자 고등학교에서는 아이돌을 좋아하면 부끄럽다는 인식이 있던 때라 다들 록 음악을 고집했던 것 같다.

그렇게 록에 심취해 있던 1998년의 어느 늦은 밤,

나는 홍대의 어느 어두운 록 밴드 클럽에서 탈색한 긴 머리에 가죽바지, 홀로 외로이 앉아 담배를 피우는 로커를 만났다. 담담하게 성인인 척 맥주 한 잔을 시켰다. 잠시 후 로커는 담배를 끄고 무대 위에 올랐다. 차가우면서도 우울했던 공간이 공연과 함께 뜨겁게 타오르기 시작했다. 땅을 울리는 음악 소리에 발바닥에서 머리끝까지 전율이 일었다. 온몸의 피가 마구 솟구쳐 심장이 터질 것 같았다. 아까 시킨 맥주를 단숨에 들이켰다. 어느새 고요해진 공연장엔 내 심장 소리만 가득했다.

내 안에 잠들어 있던 로커는 그렇게 깨어났다.

1998년 어느 늦은 밤, 뜨거운 어딘가에서.

넌혼슬외이

늘 내 곁에, 용우

어린 시절을 떠올리면 용우와 쌍문 중학교 10명의 친구들을 빼놓고는 이야기를 할 수가 없다. 초등학교 때 동네 오락실에서 매일 만나던 꼬마 친구 용우는 나와 인생을 함께한 가족과도 같은 친구다.

피아노와 성악, 골프에 수영까지, 그는 뭐든지 잘하는 친구였다. 음악에도 관심이 많아 내게 록 음악을 들려주기도 하고 함께 기타를 배우기도 했다. 함께 〈슬램덩크〉라는 만화를 보다가 밖으로 뛰어나가 땀에 흠뻑 젖을 정도로 농구도 하고, 독서실에서 벼락치기 시험공부를 하다 몰래 나와 〈별이 빛나는 밤에〉를 들으며 밤새도록 록 음악 이야기를 나눴던 나의 친구 용우.

"커서 성공 못 하면 무조건 택시 한 대씩 사주기다."

우리는 훌쩍 어른이 되었다. 용우는 미국으로 유학을 갔고 나는 가수로 데뷔를 했다. 사회에 막 발을 내디딘 우리는 정신없이 바빴고 각자의 자리에서 인생을 만들어 가고 있었다. 그렇게 긴 시간이 지나도록 우리는 서로 만나지 못했었다. 6년이 지난 어느 날, "어이~ 친구!" 새하얀 치아를 보이며 용우가 나를 찾아왔다. 당시 나는 군 복무 중이었는데, 까맣게 타 버린 까까머리 김혁건이 궁금해서 미국에서 여기까지 면회를 왔단다.

"힘들 텐데 왜 특전사 지원했어?"
"나도 후회하는 중이다."

우리는 미친놈들처럼 껄껄거리며 한참을 웃었다. 긴 시간 만나지 못했는데도 꼭 어제도 만났던 것처럼 편안했다. 친구는 다시 미국으로 돌아갔고 군 복무를 무사히 마친 나는 사회로 복귀했다.

그리고 내게 사고가 일어났다. 현실을 받아들이기 힘들었던 걸까? 친구에게 소식을 전하는 게 한참이나 미뤄졌다. 1년이라는 시간이 흐른 뒤 아무렇지 않은 듯 웃으며 전화를 했다.

"나 아파서 그동안 연락을 못 했어."
"뭐?"

"목이 부러져서 사지마비 장애인이 되었어."

우린 한동안 아무런 말도 없었다. 잠시 후 엉엉 소리 내어 우는 소리가 들렸다. 그 소리에 몇 달을 참아 왔던 눈물이 흘러내렸다. 이를 악물고 참아 왔던 슬픔이 터져 버렸다. 누가 들을까 봐 한밤중에 홀로 깨어나, 내 귀에도 들리지 않게 조심히 울었던 나인데 더 이상 참지 못하고 소리치며 울었었다. … 그렇게 우리는 한참을 눈물로 이야기를 나눴다.

내 소식을 듣고 미국에서 귀국한 용우는 나의 손과 다리가 되어주었다. 주일이면 집에 찾아와 나를 일으켜 세우고 휠체어에 태워 교회에 데려간다. 차에 한 번 태우는 것도 보통 일이 아닌데 지치지도 않는지 주일이면 잊지도 않고 나와 함께 교회에 간다. 어린 시절부터 늘 내게 용기를 주던 친구는 시간이 흘러도 그대로였다. 미국에서 계단을 오르내릴 수 있는 휠체어를 구해 친구들과 휠체어를 선물해주고, 해외의 휠체어 회사를 초청하여 한국에서 휠체어 쇼케이스를 추진하기도 하고…

가끔 생각해본다. 입장이 바뀌었다면 나는 친구를 위해 이렇게 할 수 있을까. 그에게 해준 것도 없는데 그는 언제나 나를 떠올리고 내 일상을 편안하게 해주는 방법들을 고민하고 행동한다.

내가 지금 할 수 있는 것보다 더 많은 걸 해낼 수 있다고 항상 힘과 용기를 전해주는 내 친구 용우.

고맙다.
내 곁에 있어줘서.

사고 이후 불편해진 몸 때문에 아무것도 할 수 없다는 상실감에 빠져 일분일초 시간을 견디는 것도 괴로웠지만, 그보다 더 견디기 힘들었던 건 사람들이 내게서 멀어지는 것을 지켜보는 일이었다. 학창 시절부터 알아 왔던 친구들, 함께 음악을 나누었던 동료, 선후배들, 그리고…

사고가 나자 많은 사람들이 날 찾아왔고 진심으로 위로하고 응원해주었었다. 하지만 시간이 흐르면서 한 달에 몇 번이 몇 달에 한 번으로 바뀌었고, 점점 1년에 몇 번으로, 2년, 3년… 그리고는 날 찾지 않는 사람들이 더 많아졌다. 각자의 삶이 다르고 바쁘니 어쩔 수 없음을 알면서도, 내 처지 때문에 대인관계가 무너진 것 같아 절망적인 생각만 들었었다. 인생에 뚫린 커다란 구멍이 다시는 채워지지 않을 것 같았다.

그런 나의 두려움을 잠재워준 이들이 있었으니, 바로 쌍문 중학교 10인의 용사들이다. 중학교 때부터 청춘을 함께한 이 사나이들은 하고 싶은 것은 무엇이든 함께! 어디 있든 무엇을 하든 "우리 친구 아니가"를 외치는 의리의 사나이들이다. 내가 가수가 되어 이름이 알려졌을 때에도 누구 하나 특별

대우를 하거나 시기하지 않던 중학교 시절 그 모습 그대로의 유쾌한 용사들.

사고가 났을 때 부모님보다 먼저 달려와 병상을 지켜준 친구들은 참혹한 모습으로 누워 있는 나를 보고 어린아이처럼 울었다. 하지만 용사답게 힘을 내더니 서너 명씩 조를 짜 하루 두 번 있는 중환자실 면회 시간에 맞춰 나를 보러 왔다. 힘들어 하는 우리 부모님께 기운 내시라며 홍삼에 영양제까지, 먹을 것을 잔뜩 사 오기도 하고, 하루 종일 병원에 있는 날 위해 태블릿 PC에 영화를 저장해 오거나 MP3에 라디오까지 챙겨주었다. 그들은 그렇게 하루도 빠지지 않고 날 찾아와 이 아픈 마음을 채워주었었다.

"누가 하시겠어요?"
"제가 할게요."
"제가 하겠습니다."

사고 후 스스로 변을 볼 수 없는 나는 며칠에 한 번씩 관장을 해서 변을 받아내야 했는데 관장약을 들고 온 간호사의 물음에 친구들 모두 손을 들었다. 친구의 대변을 서로 받겠다고 나서다니. 이런 광경을 어디에서 볼 수 있겠는가. 슬프면서도 행복했다. 장운동이 안 되어 변이 밖으로 나오지 못했을 때 친구 하나가 변을 손가락으로 파내준 적이 있었는데, 옷을 벗고 누워 있는 나의 모습과 두 눈 부릅뜨고 변을 파내는 그의 모습이 너무 우스워 한바탕

웃은 적이 있다. 내 곁에 이런 유쾌한 용사들이 있다는 게 얼마나 다행인지.

지금은 명절이나 주말, 특별한 날이 되면 친구들 모두 우리 집에 모인다. 회사를 다니는 친구나 사업을 하는 친구, 결혼을 앞둔 친구, 벌써 아버지가 된 친구들은 스스럼없이 일상의 이야기를 나눈다.

여전한 그들 덕분에 늘 든든하고 감사하면서도 가끔 울적해지기도 한다. 오래전 친구들과 함께 떠난 여행, 바다를 향해 소리 지르며 뛰어놀다 백사장 위에 드러누워 자기도 하고 해가 지면 삼겹살에 소주 한잔 기울이며 기타와 함께 노래 부르던, 별이 가득한 하늘을 보며 서로의 삶을 나누던 그때…

행복한 추억이면서도 이제는 내가 다시는 할 수 없는 것들이 떠올라 나를 우울하게 만든다. 하지만 그때마다 들려오는 유쾌하고 단순한 목소리
"우리 친구 아니가!"

껄껄껄. 마흔을 바라보는 나이에도 여전히 "우리 친구 아니가!"를 외치며 시원스럽게 웃는 용사들이 오늘도 나의 두려움을 잠재워준다. 그래. 한 명의 진정한 친구를 만나기도 힘든 세상에 내게는 대소변까지 받아주는 10명의 친구가 있다. 나의 멋진 용사들. 앞으로도 영원히 우리 친구 아니가!

1999년, 스무 살이 된 나는 형의 추천으로 실용음악 학원에서 본격적인 보컬 수업을 받기 시작했다. 그곳에서 한 친구를 만났는데 한번 음악 이야기를 시작하면 시간이 어떻게 가는지 모를 정도로 잘 맞는 친구였다. 우리는 작사, 작곡, 편곡은 물론이요, 기타와 건반을 함께 연주하며 노래를 부르곤 했다.

그리고 1999년, 그 친구와 나는,

이시하와 김혁건은 '더 크로스'라는 밴드를 결성했다.

아직 음반이 나오지도 않은 무명 밴드였지만 몇몇 공연장에서 우리를 찾아주었었다. 노래를 할 수 있다는 것만으로도 어찌나 신이 나던지 공연만 할 수 있다면 어디든지 달려가서 노래를 불렀다.

그러던 어느 날 시하가 갑자기 소개팅을 시켜준다며 근처 커피 가게로 나를 불렀다. 소개팅!?! 한껏, 아니 조금 차려입고 가게로 향했다. 도착해보니 여인의 모습은 보이지 않고 그 혼자 배시시 웃으며 나를 반겨 주었다.

"사실은…"

Mnet 뮤직 페스티벌 예선전에 참가 신청서를 내고서는 사실대로 말하면 내가 안 나올까 봐 거짓말을 했단다. 당시 록 스피릿이 충만했던 나는 '로커는 평가받을 수 없고 오로지 자신의 신념만으로 자유를 노래해야 한다!'라는 강한 의지를 가지고 있었다. 마음 졸이며 시하가 이 고집불통을 설득하느라 얼마나 진땀을 흘렸을까. 그렇게 예선전을 치르게 되었고 어찌됐든 우리는 '더 크로스'는 페스티벌에 참가하기로 마음을 모았고 연습을 시작했다.

'내가 얼마나 잘하는지 들어봐라.' 오기와 패기 넘치던 스무 살이 떠오른다. 록 밴드 B612의 〈나만의 그대 모습〉을 불러 본선을 통과했다. '노래만 부르고 돌아온다'던 첫 마음은 시간이 지날수록 '잘하고 싶다'로 변하더니 점점 욕심이 나기 시작했다. 결선 때는 우리가 만든 창작곡 〈Fly 2 you〉를 불렀는데 떨려서 기절할 뻔했다. 하지만 내가 누구인가. 로커가 아닌가. 자존심을 지켜야지! 떨리지 않은 척 고음을 더 내질렀다.

"와아!!"

응? 객석에서 환호성이 터져 나왔다. 한 번도 느껴보지 못한 짜릿한 쾌감이 들었다. 나는 더 신이 나서 혼신의 힘을 다해 노래를 불렀다. 결과는… 대상… 대상? 응? 대상?!? 우리의 이름이 호명되자 심장이 놀라 멈출 뻔했다. 하지만 내가 누구인가. 로커가 아닌가. 자존심을 지켜야지! 덤덤한 척 무대로 향했다. 세상을 다 가진 기분이 이런 걸까. 사실, 그날은 인생 최고의 날이었다.

상을 탄 것도 기뻤지만 공식적으로 실력을 인정받은 것 같아, 스스로가 대견하기도 하고 시하한테 고맙기도 하고 외로웠던 어느 날이 떠오르기도 하고, 복잡 미묘한 기분이었다.

분명한 건 이 대회가 아니었다면 가수 김혁건은 없었을 거라는 것이다. 이 자리를 빌려 대상으로 뽑아주신 분들과 '더 크로스'를 응원해주신 분들께 진심으로 감사의 인사를 드린다. 그리고 시하에게도.

친구가 몰래 냈었던 대회 신청서는 그렇게 행운의 신청서가 되었다.

가수가 되다

대상을 받고 나니 노래에 대한 갈증이 더 깊어졌다. 대회 때 받은 상금으로 연습실을 구했다. 보일러도 안 돌아가는 지하실이었지만 연습실을 갖게 된 것만으로도 뛸 듯이 기뻤다. 연습실이 떠나갈 듯 마음껏 노래하고 음악 작업도 언제든 할 수 있는 공간이 생기다니. 집에 있는 시간보다 연습실에서의 시간이 많아졌고 매일이 꿈속에 있는 것처럼 행복했었다. 하지만 나는 조금씩 음악적 한계를 느끼기 시작했다. 음악의 이론적 체계나 소리의 이해… 나는 음악을 더 전문적으로 배우고 싶어졌다. 오랜 고민 끝에 성악을 선택했다. 대중음악과 클래식의 차이가 궁금하기도 했고, 어릴 적부터 형의 어깨너머로 들었던 음악들이 마음에 남아 있었기에.

먼저 성악을 전공하는 음대 학생을 찾았다. 레슨을 받으면서 확실히 발성이며 호흡법이 다른 걸 알 수 있었다. 새로운 걸 알면 알수록 나는 더 배우고 싶다는 열망에 사로잡혀

독일, 이태리에 다녀온 유학파, 국내 유명 테너, 바리톤, 소프라노… 많은 선생님들을 만났고 스스로의 문제점을 찾으며 나는 조금씩 성장하기 시작했다. 그리고 마지막으로 나의 고등학교 음악선생님을 다시 만났다.

성악을 전공하신 선생님께서는 내 고민을 들으시고는 선뜻 음악 지도를 해주시겠다고 하셨다. 목소리나 음역대가 나와 같았던 선생님은 나의 노래를 더 깊이 있고 풍부하게 만들어주셨다. 선생님은 음악뿐 아니라 정신적으로도 큰 힘이 되어주셨는데, 내 어깨가 조금이라도 지쳐 있는 날이면 늘 아무 말 없이 나의 손을 잡아주곤 하셨다. 삶의 이야기를 담아 노래하는 선생님은 지금도 나의 거울이 되어주신다.

그렇게 나는 긴 시간 성악을 배웠고, 이는 사고 이후 다시 노래를 부를 때 큰 도움이 되었다. 지금 나의 소리에는 아름답고 뛰어난 선생님들이 함께하신다. 과거 록을 했던 내가 창법이 전혀 다른 성악을 할 수 있게 된 것은 모두 선생님들의 힘이다. 사고 소식을 듣고 찾아와 조용히 손을 잡아주시던 선생님. 음악을 못 할지도 모른다는 절망의 끝에 선 나의 손을 놓지 않은 선생님.

지금 나의 노래는 변화된 몸으로 내가 낼 수 있는 가장 좋은 소리를 찾는 중이다. 내 속에 있던 수많은 가르침들이 하나하나씩 깨어나며 내게 도움을 주는 것 같다. 지금도 성장하는 과정 안에 있으니, 10년이 지나면 지금보다 더 좋은 소리로 노래를 부르고 있지 않을까?

　매일 새로운 하루를 사는 것처럼 음악 또한 매일 새로운 깨달음을 전해준다. 긴 시간 노래를 해 온 나지만 이제야 나의 삶을 노래하기 시작한 기분이다. 오늘도 난, 세월과 함께 더 깊어질 나의 노래를 기대하며 배우고 또 배우려 한다.

대상을 탄 이후 한 기획사와 계약을 하고 '더 크로스' 1집 준비에 들어갔다. 내 노래가 앨범으로 나오다니… 두근거리고 설레면서도 한편으론 떨리고 두려웠다. 꾸밈없이, 또 끊임없이 작업을 진행해 나갔다. 2년 동안 회사 숙소에 있는 작은 방에 틀어박혀 음악과 즐거운 사투를 벌였다. 전과는 또 다른 진짜를 시작하는 기분이었다.

타이틀곡으로 부활의 김태원 형님이 작곡하신 〈blue stocker〉라는 노래와 〈Don't cry〉가 물망에 올랐다. 〈blue stocker〉 또한 특별히 좋아하는 곡이지만 3옥타브를 넘나드는 나의 가창력이 〈Don't cry〉에서 더 큰 힘을 발휘해 '더 크로스'를 대중에게 더 각인시킬 수 있을 것이라 생각하여 타이틀곡으로 선정하였다. 록발라드 특유의 파워풀하면서도 가슴 아픈 이별 노래 〈Don't cry〉

THE
CROSS
*Melody Queen*

「그대의 눈물이 마를 때까지
우리의 사랑을 볼 수 없을 테니
울지 말아요. 이제야 나는 알겠으니
날 사랑하던 그대는 이미 없다는 걸
so you don't cry for me
세월 지나도 난 변하지 않아
and then I cry for you
이 밤 지나면 이젠 안녕 영원히
언제나 영원히
널 사랑해 널 사랑해 널 사랑해
so you don't cry for me」

　그대가 떠나도 남은 나의 사랑은 변하지 않을 거라는 이 이별 노래는 많은 사람들의 사랑을 받았었다. 팬 카페 회원은 금세 5만 명이 넘었고 대중교통을 이용하기 힘들 만큼 날 알아보는 분들이 많아졌다. 갑자기 사람들이 몰려 전철 화장실에 숨거나, 사우나를 하다가 들린 나의 이야기에 쑥스러워 한참 동안 머리에 수건을 뒤집어쓰고 있었던 적도 있었다. 지금도 그때를 떠올리면 신기하기도 하고 즐겁기도 한 마음에 저절로 미소가 지어진다.

〈Don't cry〉는 록 페스티벌이나 대학 축제, 동대문 밀리오레, 음악 방송 등 다양한 곳에서 좋은 사람들과 함께한 아주 소중한 곡이다. 세상에 나온 지 13년이 지난 지금도 여전히 노래방 상위권에 머무른다고 하니 정말 감사한 일이다.

2016년 3월, 〈복면가왕〉이라는 프로그램에서 이 노래가 불리면서 나 또한 다시 대중들의 주목을 받게 되었다. '음악대장' 님이 〈Don't cry〉를 부른다는 사실을 소문으로 들어 알고는 있었지만, 실제 노래하는 그의 모습을 보니 내 마음이 감사와 감동으로 차올랐다. 방송 이후 아직도 나를 기억해주시는 팬 분들 덕분에 따뜻한 시간들을 보냈었는데, 행복하면서도 이 노래를 예전처럼 부를 수 없다는 생각에 마음 한구석이 아려 왔다. 화려한 무대에 서서 자신감 넘치게 노래하던 김혁건은 이제 빛바랜 사진이 되었구나… 몸보다 마음이 더 약해져 버린 걸까. 하지만 내가 누구인가. 누구보다 강렬하게 Don't cry를 외치던 로커가 아닌가!

나를 향한 수많은 격려와 칭찬의 댓글을 보며 뜨거워진 눈시울을 닦고 숨을 내쉬었다. 예전처럼 노래할 순 없겠지만 지금 나는 나만의 노래를 부르고 있지 않은가. 그리고 앞으로 더 많은 열정을 담아 나의 삶의 노래를 불러야지. 20대의 Don't cry와는 또 다른 Don't cry를.

외로워도 슬퍼도? 나는

Don't cry다.

얼마 전 엔터테인먼트 회사의 대표로 있는 친구가 사무실 이전을 했다고 연락이 왔다. 축하를 위해 사무실에 들렀는데 신인 가수들이 큰 소리로 입을 맞추며 "안녕하십니까!" 인사하는 모습이 어찌나 예쁜지 절로 웃음이 났다. 반짝거리는 그들을 보고 있자니 예전 기억이 떠올랐다.

더 크로스로 활동할 당시 나는 회사에서 고삐 풀린 망아지로 찍혀 있었다. 주머니에 손을 찔러 넣고 고개 숙여 인사하지 않는 나를 좋아하는 사람은 별로 없었다. 인사를 안 하는 게 왜 자존심을 지키는 거라고 생각했는지 모르겠지만, 연예인의 등급을 가르거나 소위 '뜨지 못한 연예인들'을 하대하는 모습을 보기라도 하면 욱하는 마음에 화를 참아내지 못했다. 반항적이고 거친, 인생에 타협이라는 단어는 없던 20대 초반의 철없던 나는 스스로를 더 외롭게 만들었던 것 같다.

더 크로스의 〈Don't Cry〉는 남자들 사이에서, 특히 록을 좋아하는 사람들에게 호평을 받으며 꾸준한 인기를 누렸었다.

　음반 또한 반응이 좋았지만 기대만큼 판매 수익이 나지 않았었다. 당시에는 저작권자의 허락 없이 인터넷상에 음악 파일을 올리고, 공유하고, 무료로 다운받는 게 불법이라는 개념이 자리 잡기 전이어서 많은 사람들이 음반을 사지 않고 무료로 음원을 다운 받곤 했었다. 무료 P2P[1) 사이트인 〈소리바다〉의 등장으로 톱 가수들도 음반 판매에 쓴 잔을 마셔야 했었던 시절이니 우리 앨범은 더 심각한 상황이었다. 나는 노래만 부를 수 있으면 행복했지만 회사의 사정은 달랐다. 회사는 새로운 앨범을 구상하기 시작했다.


　"이제 R&B 3인조로 가자."


　사장님의 호출로 모인 자리에서, 한참을 아무 말 없이 앉아 계시던 사장님의 첫마디였다. 불시에 무언가로 세게 한 대 맞은 것 같은 기분이었다. R&B라니. 이게 무슨 마른하늘에 날벼락인가. 물론 당시에 R&B 음악이 선풍적인 인기를 얻고 있었지만, 사장님의 제안은 돈 때문에 록을 버리라는 말처럼 들렸다.

"싫습니다."

"혁건아…"

"저는 록 음악만 합니다."

심각한 사무실 분위기를 더 심각하게 만들었다. 하지만 내 생각이나 의견은 중요하지 않았다. 이미 3인조 R&B 그룹으로 앨범을 내기 위해 새로운 멤버 한 명을 뽑아 놓은 상황이었다.

"이시하. 너 알고 있었어?"

그는 아무런 말이 없었다. 그리고 나도 더 이상 아무런 말을 하지 않았다. 끝까지 뜻을 굽히지 않았던 나는 점점 회사와 감정의 골이 깊어졌고, 결국 회사를 나오게 되었다. 회사와의 마지막은 합의해제로 잘 마무리되었지만, 시하와는 아무 말 없던 그때 그대로 헤어지게 되었다. 록 음악을 하려고 더 크로스를 결성했는데, 아무런 상의 없이 그런 결정을 내렸다는 배신감에 분이 풀리지 않아 그의 집을 찾은 적도 있었지만 서울을 떠나 새로운 멤버와 작업을 시작한 그를 만나는 건 이미 어려운 일이 되어 있었다.

이후 나는 한동안 음악을 하는 후배들을 모아 '더'를 뺀 '크로스'라는 밴드를 만들어 활동했었다. 홍대 건물 지하에 합주실을 얻고 록 밴드를 상징하

는 불꽃 무늬를 그려 놓은 차를 타고 전국을 누비며 공연을 했다. 어두운 클럽에서 가죽점퍼에 가죽 바지를 입고 땀 흘리며 노래를 불렀다. 절정을 향해 폭발적으로 내지르는 비명 같은 노랫소리. 심장을 울리는 음악에 열광하는 사람들. 그것이 진짜 로커다운 모습이라고 여기며 밤새 곡을 만들고 술을 마시고 노래를 하며 열정에 취했었다. 돌이켜보면 록 음악만을 최고라 여기며 타협도, 현실감도 없던 이 고집불통이 회사나 다른 멤버들의 상황을 듣지도, 보지도 않은 건 아닐까?라는 생각이 든다.

이후 많은 시간이 흘렀고, 많은 일들이 있었다. 그리고 지금, 친구의 사무실 이전을 축하하러 온 자리에서 열정으로 똘똘 뭉친 신인 가수들을 만났다. 반짝거리는 그들의 눈을 보며 가슴이 뭉클해졌다. 인사 하나가 이렇게 사람의 마음을 따뜻하게 해준다는 걸 왜 그때는 몰랐을까. 되돌릴 수 없는 과거 속의 내가 부끄러웠지만 용기를 내어 인사를 했다.

반가워요.
고마워요.

"아닙니다. 이렇게 찾아주셔서 영광입니다." 친구들이 다시 내게 감사의 인사를 전한다. 그리고 나의 과거를 안아주듯 활짝 웃어 보인다.

그렇게 생각해줘서 더 고마워요.

어제는 되돌릴 수 없지만 오늘은 만들 수 있다는 걸 안다.
그럼 분명 내일도 달라지겠지. 이 친구들과 헤어지기 전에 한 번 더 인사를 해야겠다.

우리
또 만나요.

그룹 탈퇴 후 솔로 1집을 발표하고 우연찮게 보컬 개인 레슨을 하게 되었
는데 생각보다 반응이 좋았었다. 입소문을 듣고 학생들이 하나 둘 모이기 시
작하더니 어느새 50명이 넘었다. 연습실을 얻고 강사 선생님도 뽑았지만 많
은 학생들을 지도하려면 더 큰 공간과 그에 맞는 교육체계가 필요했다. 백방
으로 뛰어다니며 수업을 할 수 있는 건물을 찾아 계약을 했다. 벽지를 골라
도배를 하고 가구와 기계를 들이고, 몰딩에 못 하나까지. 나의 손과 발, 땀과
마음을 담아, '크로스 실용음악 학원'을 개원했다.

누군가 나를 믿고 따라준다는 것은 스스로 더 성장할 수 있는 큰 힘이 되어준다. 학원은 나를 부지런하게, 아이들은 나를 따뜻한 사람으로 만들어주었다. 그들은 학생이었지만 친구였고 음악을 함께하는 나의 동료였다. 여름이면 친구들을 데리고 바닷가에 가서 실컷 노래를 불렀고, 겨울이면 산장을 빌려 여행을 떠났다. 연말에는 콘서트홀을 빌려 함께 공연을 했다. 한 사람이 아프면 모두 함께 울고, 작은 기쁨 하나로 전체가 행복했던 '크로스 실용음악 학원'은 나의 분신, 나의 삶이었다. 내 모든 것들을 전해주고 싶은 이들과 함께했던 이곳은 내가 군대에 있을 때까지도 굳건했었지만, 사고 이후 모래성처럼 무너져 버렸다. 병원에 있는 동안 학생들은 물론이고 강사들도 모두 떠났다. 힘겹게 쌓아 올린 곳이 한순간에 사라지는 것을 보며 내 마음도 모래성처럼 무너졌다.

학원을 운영할 당시 매출이 꽤 높은 편이어서 안정된 생활을 할 수 있었다. 가수 생활을 할 때에는 제대로 챙기지 못했던 가족들과, 음악을 하는 후배들에게 도움을 주면서, 노래할 때와는 또 다른 행복을 느꼈다. 가족들과, 연인과 함께 식사를 하는 주말이면 평생 이렇게 행복하게 살고 싶다는 생각에 결혼을 꿈꾸곤 했다. 사랑하는 아내와 나의 아이, 소박한 우리만의 집… 철없던 내가 어느새 어른이 되어 화목한 가정이라는 새로운 삶의 그림을 그리기 시작한 것이다. 그때는, 정말이지 그때는 나의 새로운 그림을 완성할 수 있을 거라고 믿었었다. 상상만으로도 행복한 그 꿈을.

지금도 포기한 건 아니지만 상황이 달라졌기에, 더는 꿈의 '완성'에 매달리지는 않는다. 우리의 꿈은 삶의 시간과 함께 변화한다. 가족을 책임지고 보호하고 싶다는 나의 꿈은 가족을 사랑하고 감사하는 꿈으로 바뀌었고, 한없이 스스로를 외롭게 만들던 남자는 자신을 아끼고 사랑하는 남자로 바뀌었다. 그리고 지금 나는 무너진 '크로스 실용음악 학원'의 모래를 천천히 다시 쌓아 올리고 있다. 처음과 같지 않더라도, '완성'이 되지 않더라도 뭐 어떠한가. 꿈을 꾸는 것만으로도 이미 충분히 행복한 것을.

처음 입영 통지서를 받았을 때 가수 활동 때문에 군입대가 늦어졌는데, 이후 학업 문제로 더 늦어졌고 결국 2009년 8월, 나는 서른 즈음의 나이로 군대에 가게 되었다. 신체검사를 받을 때 갑자기 가기 싫다는 생각이 떠올라 화가 났다. 록 음악을 하는 사람이 스스로에게 부끄러운 행동을 하면 안 되지 않겠는가. 나는 특전사에 지원했고 제13공수 특전여단에서 현역으로 군 복무를 시작했다.

공수 부대라고 하면 흔히들 힘든 훈련을 떠올리는데 그렇지 않은 군대가 어디 있겠는가. 군대는 어디든 위험하고 무지하게 힘들고 무지막지하게 힘든 곳이다. 사실, 고된 훈련은 견딜 만했다. 대변을 보면 대변이 바로 얼어 버리는 영하 28도의 산 속에서 텐트 치고 자다 발가락이 얼었던 일이나, 무박 3일 동안 진행된 100㎞ 행군, 한겨울에 차가운 계곡물 속으로 뛰어들어 환호성을 지르던 일은 이제 즐거운 추억이 되었다.

훈련보다 날 더 힘들게 했던 건, 나보다 8살이나 어린 선임들의 괴롭힘이었다. 별 다른 이유도 없이 욕을 하고 짓궂은 장난질을 하는 그들의 행동을 참지 못하고 〈사랑의 소리함〉에 불만 사항을 적은 적이 있었는데, 바로 다음날 행정보급관님이 "김혁건이 너희들 때문에 힘들단다"며 선임들 앞에서 쪽지를 읽었고, 군 생활은 더 꼬여만 갔다. 결국 불같은 내 성격은 날 배신하지 않고 사고를 쳤다. 고민 상담을 핑계로 나를 괴롭히던 선임을 쓰레기장으로 불러냈다.

…

"너 자꾸 그럴래?"

겁을 주려던 것은 아니었는데 큰 몸집에 사나운 눈빛으로 이야기하는 나의 모습에 그는 적잖이 당황한 눈치였다.

"미안해요. 형…"

그날 이후 그 선임의 괴롭힘은 없어졌지만, 잘못된 행동 덕분에 나는 100일 휴가를 반납해야 했다. 그리고 상병을 달기 전까지는 매일이 고난의 행군이었다. 군 생활은 평소 잊고 지냈던 것들의 소중함을 깨닫게 해주었다. 나 자신밖에 모르던 내가 부모님과 주변 사람들의 감사함을 알게 되었고, 이기적인 스스로를 반성하고 거친 성격을 바꾸기 위해 노력하기 시작했다. 그리고 입대 전 제안받았지만 미뤘던 '더 크로스' 재결성에 대해 오래도록 고민했다. 괜한 자존심에 말하지 못했지만 나는 다시 '더 크로스'로 노래하고 싶었다. 그리고 제대 후 우리는 다시 음반 작업을 시작하기로 했다. 예전보다 더 성장한 우리의 모습을 담아 음반 작업을 시작했지만, 음반 발매를 코앞에 두고 사고를 당했다. 잔인한 운명은 항상 나의 성장을 위해 매질을 해 댄다.

나는 군 복무라는 매질을 잘 견뎌냈고 새로운 세상을 만났다. 정직한 도전은 변화를 만든다고 했다. 낙하산을 타고 비행기에서 뛰어내릴 때 소리만 질러 대던 내가 몸으로 바람을 느낄 수 있게 되었고, 차가운 눈밭에서 받던 기합이 전우애를 위한 것이라는 걸 깨닫게 되었으니 틀린 말은 아닌 것 같다.

단결!

그때의 단단한 나의 모습은 지금도 내 안에 살아 숨 쉬고 있다. 사고가 나던 순간에도, 병상에서 버티는 동안에도 내 안의 강인한 나는 연약한 나를 붙잡아주었다. 잔인한 운명이 또 다시 날 괴롭힐 때가 오겠지만 두렵지 않다. 나는 무조건 '단결!'이니깐.

가수가 되다

명활수와이

2007년 여름이었다. 당시 아는 매니저 형이 녹음실에 초대해서 간 적이 있었는데 그곳에서 단아한 모습의 그녀를 만났다.

나보다 네 살이 어린, 같은 대학교 후배였던 그녀는 눈부시게 맑고 투명한 유리 같았다. 순수하고 새하얀 그녀와 함께 있는 것만으로도 검붉은 나의 색이 옅어지는 것을 느꼈다. 하지만 그때의 나는 가끔 안부만 묻는 정도의 용기밖에 내지 못했다.

"그 사람이 계속 연락이 오는데 어떻게 하면 좋을까요?"

그녀가 고민이 있다며 내게 연락이 왔다. 그녀를 붙잡고 싶었다. 나는 그동안 간직했던 마음을 그녀에게 고백했고 그녀의 맑은 눈에는 눈물이 맺혔다. 그렇게 우리는 연인이 되었다.

장난기 많던 그녀는 늘 나를 놀리곤 했는데, 혀가 짧은 편인 내가 'ㅅ'발음을 'th' 발음으로 노래할 때면 놓치지 않고 따라 부르곤 했다. '쎄쌍이 주는﹨ 고통을~', '감당할 쑤 없는~' 노래를 부르며 그녀가 아이처럼 까르르 웃을 때면 나도 까르르 웃음이 났다. 평소엔 맛없던 음식들도 그녀와 먹으면 꿀보다 달콤했고, 어두운 겨울밤 같던 나의 일상은 꽃 내음 가득한 봄처럼 따뜻해지기 시작했다.

오래전 작곡했던 노래 중에 예전 연인을 추억하며 만든 노래가 있었다. 그녀를 만나기 이전에 만든 노래인데 그녀가 그 노래를 듣고 토라진 적이 있었다. 마음을 풀어주려 홍대 클럽에 그녀를 불러 깜짝 공연을 했다. 굳어진 표정이 풀리며 코를 찡긋하며 웃는 모습이 얼마나 예쁘던지 카리스마 로커가 하마터면 무대 위에서 헤벌쭉하며 웃을 뻔했다.

그녀와 나는 늘 함께였다. 새 음반을 준비할 때나 크로스 실용음악 학원을 운영할 때, 내가 군에 입대해 제대할 때까지도 우리는 서로의 손을 놓지 않았다. 긴 시간 함께했던 우리는 우릴 닮은 아이를 떠올리며 소박하지만 따뜻한 집과 가정을 그렸고, 나이가 들어서도 지금처럼 서로의 손을 잡아줄 수 있는 행복한 미래를 꿈꾸었다. 그렇게 우리는 미래를 약속하고, 평생을 함께하기로 했다. 아침에 눈을 뜰 때부터 밤에 눈을 감을 때까지, 그리고 꿈속에서도 2012년 가을 행복한 우리의 결혼식을 떠올렸다. 하지만 2012년 봄, 내게 사고가 났다.

...

내가 꿈꾸던 가을은 영원히 찾아오지 않았다. 눈부시게 맑고 투명한 유리
는 날카로운 바닥에 떨어져 그렇게 산산이 조각나 버렸다.

가수가 되다

가요계에는 흥미로운 속설이 여러 가지가 있다. 그중 '가수는 노래 따라간다'는 말이 있는데, 우연히 이 주제를 다룬 TV 프로그램을 본 적이 있다. 사실인지 아닌지는 모르겠지만 가수의 운명과 노래의 내용이 절묘하게 맞는 부분이 많아 놀라지 않을 수 없었다.

나의 노래 〈넌 할 수 있어〉를 부를 때면 사고 후에 만든 노래냐는 질문을 많이 받는다. 이 곡은 사고가 나기 몇 년 전, 아버지의 바람으로 만든 노래이다.

아버지는 목포에서 배를 타고 한참 들어가야 하는 작은 마을에서 태어났지만 근면성실함으로 역경을 이겨내고 우리 가정의 안정과 행복을 이뤄내신 분이다. 늘 소외된 이웃이나 약자들, 삶에 지친 사람들 편에서 살아오신 아버지는 가수인 당신의 아들이 많은 사람들에게 위로가 되어주는 노래를 만들었으면 하는 바람이 있었다. 그런 아버지의 마음으로 시작된 곡이 바로 〈넌 할 수 있어〉다.

…

처음 이 곡을 만들 때에는 록 버전이었는데 사고 후에 내가 록 발성을 할 수 없게 되어 현악 4중주로 다시 편곡을 했다. 오히려 클래식하게 바뀐 게 이 곡의 분위기와 더 잘 어울리는 것 같다. 처음부터 이 곡의 운명이었다는 듯.

인생이란 참 알 수 없다. 힘들어하는 분들에게 용기를 주고자 만든 노래를 내가 장애인이 되어 부르고 있다니. 강연 후, 이 곡을 부를 때면 많은 분들이 좋아해주신다. 늘 느끼는 거지만 역시 노래의 힘은 대단하다.

사고 후 우울증으로 두문불출하고 있을 때, 아버지는 늘 이 노래를 조용히 틀어주시며 아들이 굳건히 일어서기를 바라셨다. 하나님께서는 내게 큰 시련이 닥칠 것을 아시고 미리 이 곡을 전해주신 걸까?

이 노래가 무너졌던 나를 일으켜 세운 것처럼, 힘겹게 살아가는 분들에게 소중한 위로가 되고 긴 하루를 버텨낼 수 있는 작은 힘이 되어주기를 바란다.

넌 할 수 있어 힘들지만 언제나 이겨냈잖아

어두운 밤 지나 태양이 눈 뜰 때 넌 다시 태어날 거야


두 팔이 허공을 가로질러

온몸이 바람과 키스하며

이대로 날아올라 편안히 날아올라

새처럼 날아올라 자유를 향해 날아올라


내 발은 대지와 이별하고

내 심장 구름에 감싸 일 때

이대로 가는 거야 편안히 가는 거야

새처럼 가는 거야 세상을 벗어던지고


항상 세상 모든 것이 너에게 두려운 현실이라 생각돼?

그럴 땐 하늘을 느껴봐

넌 할 수 있어 힘들지만 언제나 이겨냈잖아

어두운 밤 지나 태양이 눈 뜰 때 넌 다시 일어날 거야


김혁건 작사, 작곡 〈넌 할 수 있어〉가사 중

네환수있어

## 2장
## Don't Cry

2012년 3월 26일

분 냄새조차 향기롭다던 어머니

살아 있어서 다행이야

줄 서서 기다리는 작은 행복

줄기세포와 마지막 희망

그녀를 보내다

죽음을 가르는 소변 줄

돌고 돌아 제자리

하모니카를 배우다

한 걸음 더

"왜? 늦었는데 같이 가지 않고."
"얼굴만 보고 금방 들어갈게요."
"조심해서 다녀."

…

"하아… 아직 입김이 나네."

쌀쌀한 봄의 저녁. 아버지를 먼저 보내고 오토바이에 몸을 실었다. 11시가 넘은 시각, 그녀가 좋아하는 치즈김밥을 사 들고 그녀에게로 향했다. 유난히 어두운 그날 밤, 내 가는 길을 비춰주는 달빛을 타고 나는 내 운명이 바뀐 곳을 지나고 있었다.

쾅!

차가운 공기를 가르며 나를 실은 오토바이가 하늘로 날아올랐다.

쾅.

…눈을 떠보니 검붉은 바닥 위로 부서진 오토바이가 보였다. 조금 전, 분명 홍릉사거리에서 직진을 했는데, 나는 사거리를 채 지나지 못하고 바닥에 누워 있었다. 예측 출발로 좌회전을 하던 승용차에 부딪혀 자동차 앞 유리창에 머리를 박고, 아스팔트 위에 던져져 목이 부러졌다.[2] 일어나려 했지만 손은커녕 손가락 하나 움직일 수 없었다. 내 가는 길을 비춰주던 달은 그렇게 아무 말 없이 나를 바라보고 있었다.

…

"오늘을 넘기기 어렵겠어. 가족들 불러요."

희미한 의식 속 응급실 의사의 건조한 목소리가 들렸다. 누가 오늘을 못 넘긴다는 걸까. 처참한 울음소리에 눈을 떠보니 눈물범벅의 가족과 친구들이 날 내려다보고 있었다.

"오빠…"

그녀도 함께였다. 그녀의 눈물이 내 몸에 뚝뚝 떨어졌다. 그런 모습으로 김밥을 전하게 될 줄은 꿈에도 몰랐었다. 수술실에 들어가기 전, 잡고 있던 내 손을 놓으시며 오열하시는 부모님의 모습을 마지막으로 나는 긴 시간 동안 잠을 잤다. 얼마나 오래 잤던지 중환자실에서 눈을 떴는데 내가 지금 잠을 자고 있는 건지, 꿈을 꾸고 있는 건지, 살아 숨 쉬고 있는 건지, 아무것도 구별되지 않았다.

"수술은 잘 끝났지만 3, 4, 5, 6번 경추(7개의 등골뼈로 된 척추의 윗부분, 목뼈)가 골절되며 신경이 크게 손상되었습니다. 어깨 이하로 신경 마비가 와서 움직일 수 없고 감각도 거의 느낄 수 없을 겁니다. 평생 누워서 지내야 할지도 모릅니다."

11시간의 긴 수술이 끝나고 무사히 깨어났지만 자가 호흡이 되지 않아 산소호흡기에 의지해 숨을 쉬어야 했다. 간신히 눈꺼풀만 움직일 뿐 손끝, 발끝 하나 움직여지지 않았고, 그 어떤 감각도 느껴지지 않았다.

1차 수술은 머리에 20kg의 추를 3개 달아 고정한 뒤 목에 상처를 내고 신경에 박힌 뼈 파편을 뺀 후 목뼈를 나사로 고정하는 수술이었다. 신경에 뼈가 박혀 있어 머리를 움직이면 위험하기 때문에, 머리를 고정할 수 있는 무거운 추를 단다고 했다. 그 덕분에 나는 아무것도 하지 못하고 병원 천장만 바라보며 누워 있어야 했다.

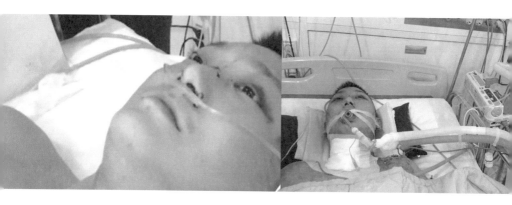

"저…어… 저어…느은… 어…떠언…가아…요?"

온 힘을 다해 간신히 입을 움직여보았지만 내 상태가 어떤지 말해주는 이는 아무도 없었다. 날 보며 눈물만 흘리는 가족들, 기도하라는 담당 의사. 나는 그들의 암울한 표정과 눈빛만으로 이미 건널 수 없는 강을 건넜음을 알았다. …이게 정말 현실일까?

…

"아무도 없어요?"

한 치 앞도 보이지 않는 캄캄한 어둠 속을 벗어나려 소리를 질러본다. 허나 대답 없는 메아리는 이내 다시 내게로 돌아온다. 발을 떼어보려 해도 다리는 움직이지 않는다. 몸이 떨려 온다. 어둠에 몸이 묶여 한 발짝도 움직일 수 없는 나는 짐승처럼 울부짖는다.

"살려줘요. 제발… 제발!"

…

꿈이었다. 아니, 현실이었다. 생생한 꿈인 줄 알았는데 거짓말 같은 현실이었다. 나는 조금도 움직이지 못하고 침대에 누워, 오한이 들어 떨고 있었다. 도대체 어디서부터 잘못된 걸까. …이 모든 것이 현실이라면 나는 이제 어떻게 살아가야 할까.

마지막 순간 떠오른 생각
부모님 한번 보고 싶다

"한 숟갈이라도 먹어야지."
"…"


아무것도 먹지 않겠다며 매일 고집을 부리는 아들에게 어머니는 잘 먹어
야 빨리 낫는다며 매일같이 나를 어르고 달래며 밥을 먹여주셨다. 늦게 얻

은 막둥이였던 나는 어릴 때부터 집안 모두의 사랑을 듬뿍 받고 자랐다. 엄마는 내가 하고 싶은 건 무엇이든 허락해주셨고, 내가 먹고 싶고 갖고 싶다는 것은 당신이 주실 수 있는 것이라면 모두 다 해주셨다. 그런 어머니가 딱 하나 허락하지 않는 게 바로 오토바이였다. 스무 살 때부터 오토바이 때문에 어머니와 엄청 다퉜는데 결국 오토바이 사고로 이렇게 되다니. 후회해 봤자 아무 소용 없다는 걸 알면서도 오토바이를 타지 않았더라면… 하는 생각뿐이었다.

아침에 눈을 뜨면 보이는 내 모습에 눈을 감고 싶었고, 눈을 감아도 떠나지 않는 끔찍한 생각들 때문에 잠드는 것조차 고통이었다. 모든 것이 꿈이기를 바라고 또 바랐다. 하지만 이 모든 것은 현실이었다.

지독한 냄새가 코를 찔러 댔다. 요의도 못 느꼈고 대변을 본 적도 없는데 대소변이 새어 나왔다. 내가 느끼지도 못하는 사이에 침대는 이미 오물로 범벅이 되어 있었다. 대소변도 못 가리는 놈의 후각은 너무나 멀쩡했고, 의지대로 움직이지도 못하는 몸을 가지게 된 내 정신은 지독히도 온전했다. 간호사들이 침대 시트를 하루에도 몇 차례나 갈아주었다.

나는 이 수치스럽고 창피한 모습을 가족과 친구들에게 보여야 했다. 사랑하는 그녀에게까지… 왜, 대체 왜 살아남아서 이렇게 여러 사람을 괴롭히고 있는 걸까. 혼자서는 죽지도 못하면서 매일 죽고 싶다는 생각만 했다.

"괜찮아. 먹어"

어머니는 무너져 가는 아들을 강하게 붙잡았다. 눈을 뜨자마자 희망을 버린 나와는 달리 어머니는 여전히 당신이 주실 수 있는 모든 걸 내게 주려 했다. 내게 좋다는 이야기를 들으면 그게 무엇이든, 어디에 있든, 돈도 시간도 생각지 않으시고 밤낮없이 뛰어다니셨다. 화살나무가 염증에 좋다며 달여 먹기도 하고, 신경에 좋다는 겨우살이 환을 먹고, 끊어진 신경이 자라야 한다며 지리산 고로쇠 수액도 먹고, 유명하다는 침술사를 모셔와 침을 맞기도 하고, 달마 그림이 효험이 있다며 베개 속에 그림을 넣어 두기도 했다. 액운을 없애는 부적에 불상이며 십자가를 병상에 빙 둘러 놓으시고, 목사님, 신부님, 스님을 병원에 모셔 기도를 하기도 했다. 하지만 달라지는 건 아무것도 없었다.

늦은 밤, 내 옆에서 주무시는 어머니를 바라보았다. 야윈 어깨로 아들을 짊어지고 버티시는 어머니를 위해서라도 빨리 일어서야 하는데… 이 고통을 이겨내야 하는데… 못난 아들에게 밥 한 숟갈 먹이기 위해 몸을 사리지 않으시던 어머니는 점점 더 야위어만 갔다. 어머니는 내가 볼 수 없는 곳에서 몰래 눈물을 흘리시고는 그 퉁퉁 부운 눈을 감추려 더 활짝 웃어 보이셨다.

"내 새끼 대변도 예쁘게 싸네. 무슨 냄새가 이렇게 향기롭데."

내 냄새가 향기롭다는 어머니의 말에, 다른 환자의 어머님들께서 맞장구
를 치시며 깔깔깔 웃으셨다.

"그럼. 아들 분 냄새가 세상에서 제일 좋지."

병실에는 뇌를 다쳐서 의식이 없거나 말을 못 하는 젊은이들이 많았다.

매일 쪽잠을 자며 아들 곁을 지키는 어머님들은, 대소변을 본다는 것은 살아 있다는 증거라며 자식의 배설물을 반가워하셨다.

　나에겐 끔찍한 이 현실의 냄새를 향기롭다 하시는 어머니의 말씀에 웃음과 눈물이 동시에 터져 나왔다. 그리고 병실에 있던, 향기로운 분 냄새를 가진 다른 아들들도 함께 웃었다. 웃음소리가 병실을 가득 채우니 정말로 이 지독한 냄새가 향긋한 향기로 바뀌는 것 같았다. 그 향기와 함께, 가끔 아주 가끔이었지만 나도 미소라는 것을 짓기 시작했다.

어디선가 썩은 냄새가 진동을 했다. 대소변과는 또 다른 냄새였다. 아무런 감각도 없었지만 내 몸이 이상해지고 있다는 것을 느꼈다. 원래 몸을 움직이지 못하는 사지마비 환자들은 욕창[3]의 위험이 높기 때문에 수시로 자세를 바꿔줘야 하는데 간호사들은 이를 신경 쓰지 못했고, 부모님들은 병원을 믿고 의지했기에 내 몸에 욕창이 생겼다는 사실을 전혀 몰랐다. 그러는 사이 나의 뒤통수와 꼬리뼈, 허벅지, 발뒤꿈치는 시커멓게 썩어 가고 있었다.

뒤늦게 썩은 피를 발견하고 의사를 찾았지만 담당 의사는 미국으로 학회를 가고 없는 상태였다. 합병증으로 혈압이 오르고 열이 나자 고통은 더 심해졌다. 병원에서는 '알 수 없는 균에 감염됐다'라는 말만 되풀이했다. 피와 진물로 얼룩진 침대는 오물과 뒤섞여 끔찍한 냄새를 풍겨 댔고, 신장이 나빠져 혈액투석까지 해야 했다. 1주일에 3~4차례 썩은 부위를 긁어내고 닦아냈지만 이 지독한 욕창은 점점 더 커지고 심해졌다. 이대로 가다가는 욕창으로 죽게 생겼다 싶어 욕창 치료로 유명한 병원으로 옮겼다. 나중에 알게 된 사실이지만 척수 손상 환자들의 대다수가 욕창으로 지옥을 경험하고, 그 합병증으로 인해 돌아가신 분도 많다고 한다.

 1주일에 3~4번 하던 치료를 하루에 3
번씩 받고, 낮에는 소독, 저녁에는 썩은
부위를 도려내는 수술을 받았다. 마취는
하지 않았다. 나는 메스의 느낌도, 피부
를 도려내는 것도 느낄 수 없었으니 그저
알몸으로 엎드려 24시간 동안 침대에 얼
굴만 박고 있으면 되었다. 살이 너무 많이 파여서 더 이상 새살이 자라지 않
았기 때문에 손상되지 않은 허리 살을 떼어 손상된 부위를 덮는 복원 수술
을 3차례나 했다. 이 지독한 욕창은 무려 1년이라는 시간 동안 내 몸에 달라
붙어 끈질기게 나를 괴롭혀 댔다. 90kg이었던 몸무게는 56kg이 되었다.


욕창이 어느 정도 호전되고 나니 숨이 트이는 것 같았다. 그간 항생제 투
여로 늘 메스껍고 구토가 나와 음식을 먹는다는 것은 꿈도 꿀 수 없었는데,
조금씩이지만 식사도 할 수 있게 되었다. 더 이상 코에 콧줄을 끼워 환자 유
동식을 섭취하거나, 링거 영양제 주사로 연명하지 않아도 된다! 입으로 음식
을 먹을 수 있다! 식욕은 여전히 없었지만, 콧줄을 탈출한 것만으로 충분히
행복했다.


"혁건아, 하늘 맑은 거 좀 봐."

어머니 말씀에 고개를 들어 하늘을 바라보았다. 눈부신 햇살에 눈을 감 았다가 다시 뜨고는 가만히 하늘을 들여다보았다. 마음이 편안해지는 것을 느꼈다.

…

그리고 나는 처음으로 내가 이 빛을 볼 수 있어서,

살아 있어서 다행이라고 생각했다.

넌 할수있어

욕창 때문에 꼼짝도 할 수 없었던 나는 1년 동안 샤워는커녕 머리도 감지 못했다. 늘 몸에 붉은 붕대를 하고 있어야 했으니 물수건으로 몸을 닦는 것만으로 만족해야 했다.

재활병원에서 치료를 받기 시작했을 때 1년 만에 샤워를 했다. 그날의 샤워는 마치 하늘 위를 나는 것처럼 시원하고 개운했으며 행복했다. 더 이상 내 삶에 행복이라는 것은 없을 줄 알았는데, 이런 작은 일상에 행복을 느끼게 될 줄이야. 나는 목욕 봉사를 오시는 분들이 병원에 오는, 한 달에 한 번 있는 특별한 그날을 매일 기다렸다.

흉수 장애(하반신 마비)를 가진 사람들은 자신의 손으로 몸을 씻을 수 있지만 경수 장애인(사지 마비)들은 혼자서 세수조차 할 수 없기 때문에 목욕 봉사의 날은 아주 중요한 날이다. 그날이 되면 많은 분들이 휠체어를 타고 샤워장 앞 복도에 길게 줄을 선다. 30분에서 1시간 정도 차례를 기다리면 목욕을 받을 수 있었다. 긴 목욕은 아니었지만 물로 몸을 씻어내는 것만으로도 충분히 행복했다. 목욕은 몸뿐만 아니라 지쳐 있던 이 내 마음까지 상쾌하게 만들어주었다.

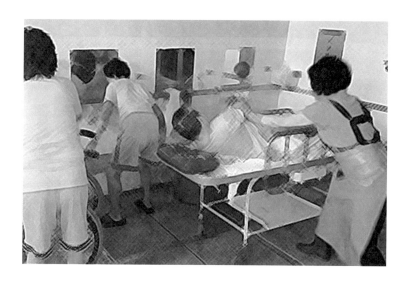

　처음에는 휠체어에 앉아 차례를 기다리면서 지나가는 사람들과 눈을 마주치지 않으려 고개를 돌리곤 했었다. 반복되는 기다림과 시선에 조금 익숙해졌을 무렵, 한번은 목욕 도중에 갑자기 무방비 상태에서 변이 흘러나와 얼마나 당황했는지 모른다. 덕분에 다음 목욕날에는 더 큰 용기가 필요했다. 내겐 왜 이렇게 떠올리고 싶지 않은 순간들이 많은지 모르겠다.

　지금은 부모님이 2~3일에 한 번씩 나를 씻겨주신다. 집 욕실에서 샤워를 할 때는 휠체어에 앉아서, 베란다에서 씻을 때는 리프트로 나를 내려 비닐을 깐 긴 테이블에 눕혀서 씻겨 주신다. 간단한 샤워도 1~2시간은 족히 걸린다. 아직도 나는 먹고, 씻고, 눕거나 옷을 입는 일조차 혼자 하지 못한다. 가끔 '시간이 흐른 뒤 부모님이 떠나시고 나중에 내 곁에 아무도 없으면 어떡하지?'라는 생각에 막막해지기도 하지만, 두려워만 하는 게 무슨 도움이 되겠는가. 이제 내 할 일은 미래를 미리 걱정하며 좌절할 것이 아니라 이 순간의 행복을 느끼는 것이다.

휠체어에 앉아 목욕을 기다리며 고개를 돌린 것은 내가 스스로를 창피해했기 때문이다. 나는 무엇보다 내 자신을 부끄러워한 것이 가장 부끄럽다. 이제 감사한 마음으로 줄을 서서 내 차례를 기다려본다.

긴 시간이 걸린다 해도 기다릴 수 있다.
이 줄 끝엔 분명 행복이 있을 테니.

"그 치료가 엄청 도움이 된대."

…

"의사가 용하대."

검증되지 않은 사람들의 입소문에 귀가 쫑긋거렸다. 병원에 있을 때에는 잘한다, 좋다, 라는 말을 들으면 그게 무엇이든, 어디에 있든 찾아가곤 했었다. 지금 생각해보면 완전히 손상된 신경을 다시 살릴 방법은 어디에도 없는데 말이다. 병원에서 줄기세포 임상 실험을 권했다. 귀가 또 쫑긋거렸다. 줄기세포가 몸속에 들어가면 어떤 반응을 일으킬지 모르기 때문에 부작용을 고려하고 신중하게 결정해야 하는데, 절박했던 나는 죽기 아니면 까무러치기로 당장 진행하자고 했다. 한국에서의 임상 실험은 사고 후 2년 이내의 환자에게만 해

당되는 것이어서, 내게는 정말 마지막 희망이었다. 이미 할 수 있는 건 다 해보았고, 먹을 수 있는 것도 다 먹어보았다. 이제 남은 건 줄기세포뿐이었다.

줄기세포 시술에는 여러 가지가 있었는데, 나는 목을 찢어서 부러진 뼈를 지지하고 있는 쇠 지지대와 신경 사이에 줄기세포를 넣는 시술과, 꼬리뼈에 줄기세포를 넣는 시술을 했다. 6번을 했는데 대개 시술 6개월 이내에 효과가 나타난다고 했다. 하지만, 아무런 일도 일어나지 않았다. 희망이 컸던 만큼 절망도 컸다. 경직된 다리에 근육이 생기긴 했지만, 나는 아마 다른 걸 기대했던 것 같다. 운동신경이 돌아와 다리를 접었다 폈다 할 수 있다 해도 아킬레스건이 돌아오지 않으면 걸을 수 없다. 팔을 움직일 수는 있어도 손가락이 안 움직이면 악기를 연주할 수 없는 것처럼.

부모님은 모든 것에 체념한 나를 다독이며 침 치료를 받게 했다. 20cm 길이의 침을 팔과 다리에 맞았다. 반년 동안 침을 맞았지만 신경은 돌아오지 않았다. 떠올려보니 정말 할 수 있는 치료는 다 해본 것 같다. 그즈음 무슨 치료 덕분인지는 모르겠지만 내 몸에 약간의 변화가 생기긴 했다. 왼쪽 얼굴에서만 나던 땀이 지금은 오른쪽에서도 난다. 줄기세포 때문인지 침 때문인지 아니면 시간이 지나면서 자연스럽게 나게 된 건지, 정확히 알 수는 없지만 땀 배출이 제대로 되지 않아 힘들었던 내게 체온조절이 된다는 건 굉장한 일이었다.

지금도 어머니는 미국으로 가서 한 번 더 줄기세포를 해보자고 하신다. 나는 성공 사례도 없고, 100% 낫는다는 보장도 없으니 하지 말자고 하지만, 아버지는 거기서부터 시작하는 거라고, 다시 치료를 해보자고 하신다. 그 많은 실패와 좌절을 겪고도 두 분은 믿음을 버리지 않으신 것 같다.

…

나의 오른쪽 얼굴에 땀이 나게 된 것은 줄기세포나 침 때문이 아니라, 기대를 버리지 않았던 두 분 덕분이다. 줄기세포는 당시 나에게 마지막 희망이었지만, 지금 나의 희망은 침도, 줄기세포도 아니다.

나의 희망은
나의 부모님이다.

넘 활수왕이

사고 이후 가장 아팠던 건 부러진 목도, 다리도, 욕창으로 썩어 버린 몸도 아니었다.

"우리 포기하지 말자."

평생 어깨 아래로는 못 움직일 거라는 말에도 포기하지 않고 나를 보살펴 주던 그녀는 나의 모든 것이었다. 하루도 빠지지 않고 찾아와 용기를 주던 그녀였지만, 시간이 지나도 나아지지 않는 내 모습에 조금씩 힘들어하기 시작했다. 그건 사랑이 변한 것과는 다른 것이었는데도 나는 그녀가 떠날까 봐 두려웠다. 줄어든 면회, 뜸해진 통화가 그녀의 마음 때문이 아닌 걸 알면서도 변해 버린 현실이 두려웠다.

…

왜 전화 안 받아?

오늘 뭐 했어? 누구 만났어?

내가 모르는 사람이야?

왜 말을 안 해?

…

그러지 말아야지 하면서도 집착하는 말들로 그녀를 괴롭혔다. 병원에서 꼼짝도 못하는 나는 그녀를 기다리고, 그녀를 떠올리는 것 말고는 아무것도 할 수 없었다. 반복되는 일상에 할 말도 없었으니, 매일 똑같은 질문과 다툼의 연속이었다. 그녀가 곁에 있을 때조차 불안해하는 나의 어리석음에 그녀는 더 차가워졌고, 우리 사이의 벽은 점점 높아져만 갔다. 나는 그녀에게 해줄 수 있는 것도 없으면서 곁에 있기를 고집했고, 지켜줄 수 없으면서 붙잡아두려 했다. 그녀의 꿈과 자유를 막고 있다는 생각은 하지 못한 채, 그저 예전처럼 함께하기만 바라고 또 바랐다.

하지만 우리는 헤어졌다.

6년간의 시간, 함께 했던 약속들도 모두 사라졌다. 이별은 내 몸 상태가 나아지지 않는다는 것을 받아들이는 것만큼이나 힘든 일이었다. 나는 너무나 쉽게 다시 무너졌다. 우릴 닮은 아이와 따뜻한 집을 그리던 그때의 기억이 매일 날 아프게 했다. 욕창으로 수없이 긁어낸 피부에는 다른 피부를 덮었지만 떠나간 그녀에 대한 기억은 무엇으로도 덮이지 않았다. 하루는 떠나간 그녀가 가여워서 울고, 하루는 남겨진 내가 가여워 울었다.

시간이 어떻게 흘렀는지 모르겠다. 사랑했던 기억을 잊으려고 무던히 노력했지만 내게는 불가능한 일이었다. 나이를 먹으면 추억으로 산다고 하더니, 내게는 그 시기가 조금 빨리 찾아온 것 같다. 사고 후 망가진 것은 몸이 아니라 내 마음이었다.

우리가 헤어지게 된 것은 장애 때문이 아니라 나약해진 나의 마음 때문일 것이다. 변화된 몸과 상황에 적응하지 못했던 내가 그녀를 몰아 대고 재촉하고 밀쳐냈던 것 같다. 극과 극을 오가던 나의 심리 상태가 곁에서 묵묵히 지지해주던 그녀에게 때론 지나치게 때론 무정하게 대하도록 했다. 그러니 그녀가 결코 과거를 아파하거나 미안해하지 않기를.

그저 부족한 내 곁에 있어주느라 수고했다고 그리고 고마웠다고 말하고 싶다. …이제 그녀를 보내야 할 시간이다. 그대의 꿈과 행복을 찾아서 나아가기를. 나도 당신에게 배운 사랑을 발판 삼아 꿋꿋이 살아남을 테니.

…
한때는 나의 모든 것이었던 사람이여.

부디 안녕히

지금도 나는 어깨 아래로는 아무런 감각이 없다. 오른손 엄지만 건드리면 약간 전기가 통하는 것처럼 찌릿찌릿할 뿐이다. 소변 또한 내가 조절할 수 있는 게 아니기 때문에 방광을 뚫어 소변 줄을 연결하는 수술을 받았다. 그때는 이 작은 소변 줄 하나가 내 목숨을 좌지우지하게 될 줄은 생각도 못했었다.

어느 날 갑자기 혈압이 급격하게 오르면서 머리가 터질 것같이 아팠다. 벽돌로 머리를 계속해서 내리치는 것 같은 고통에 간호사를 불러 아픔을 호소했지만 간호사는 의사 선생님께 보고했으니 기다리라는 말만 되풀이했다. 참다못한 나는 소리를 질렀다.

"소변 줄[4]! 소변 줄부터 빼줘요!"

놀란 간호사는 소변 줄을 빼주었고 막혀 있던 소변이 배출되자 혈액의 흐름이 정상적으로 회복되었다. 그때에는 이유도 모른 채 소리를 질러 댔지만 만약 소변 줄을 빼지 않았다면 심각한 상황이 되었을 수도 있다. 유치도뇨관[5]이 막혀서 응급 상황이 되어도 일반 병원에서는 치료 선례가 많지 않기 때문에 그 원인이나 치료법을 모르는 곳이 많다. 내가 있었던 병원도 마찬가지였다.

　대체 왜 혈압이 오르는지, 왜 그렇게 고통스러워하는지 아는 사람은 아무도 없었다. '혈압, 체온 측정, 그리고 의사 선생님께서 조치 방법을 지시할 때까지 기다리세요'가 전부였다. 2015년에 소변 줄 때문에 한 환자분이 사망한 안타까운 일도 있었다. 돌아가신 그분은 경수 장애인이셨는데, 중증 장애인 환자 모임의 회장을 할 정도로 활발하게 활동을 하셨던 분이셨다. 십수 년을 극진히 간호해주시던 어머님이 돌아가시자 소변 줄을 하게 되었고, 소변 줄이 막혔을 때 의료진이 이를 발견하지 못해 높아진 혈압으로 인한 뇌출혈로 세상을 떠나셨다. 어머니가 돌아가시고 몇 개월이 채 지나지 않은 시간이었다. 그만큼 이 '자율신경과반사[6]'는 나 같은 척수마비 환자들에게 치명적이다. 이후 척수 장애인의 '자율신경과반사에 대한 공식 발표가 있었고, 신문에도 기사가 실려 지금은 많은 척수 장애인들이 그 위험성을 알게 되었지만, 이 외에도 경수 장애인들이 조심해야 하는 것이나 유념할 것들은 수도 없이 많다.

…누군가에게 아무것도 아닌 소변이 누군가에게는 목숨이 걸린 중요한 일이라니. 아무것도 아닌 말에 또 울컥한다. 하루하루 생명을 유지해 나가기 위해 다른 사람들의 손을 빌려야 하고, 몸의 작은 불편에도 큰 위기감을 가져야만 한다.

얼마의 시간이 더 지나야 이 슬픔이 사라질까.
어깨 아래로는 아무런 감각이 없는데도 이 슬픔은 늘 나를 아프게 한다.

명 환수회이

 사실 나 같은 사지마비 환자가 재활치료를 열심히 한다고 해도 이미 끊어진 중추신경은 다시 회복되는 것이 아니다. 원래 재활치료라는 것은 현재의 몸 상태에 적응하고, 합병증을 예방하기 위함이 더 크다. 하지만 하루아침에 중도 장애를 입게 된 경우라면 재활치료에 기대를 품게 되고, 나 역시 지푸라기라도 잡고 싶은 심정에 재활치료에 큰 희망을 걸었다.

기대와 달리 재활병원에서는 아무런 변화도 없이, 똑같은 일과만 무의미하게 이어졌다. 자동으로 몸을 움직여주는 자전거를 몇 분 타고, 온몸이 묶여 30분 일어서 있다가 매트에 누워 물리치료를 20분 정도 받고, 30분 대기 20분 운동 30분 대기 다른 운동 20분, 식사와 운동의 반복이었다. 나아질 거라는 희망의 시간이라기보다 그저 장애를 반복해서 확인해야 하는 시간들이었다.

그럼에도 불구하고 나와 나의 가족들은 재활치료를 놓지 못했다. 원칙상 한 대학병원에서 2개월 이상 있을 수 없기 때문에 여러 재활병원을 전전하며 입원과 퇴원을 반복했다. 고대 안암 병원과 세브란스 병원을 거쳐 잠실 요양병원에서 3달, 다시 세브란스 재활병원에 2달, 일산 재활병원에서 2달, 우이동 요양병원에서 7달. 국립재활원에서 3달을 있다가 의정부 요양병원으로 갔는데 욕창이 재발해서 다시 욕창 치료까지…

"재활 해 봤자 좋아지지 않습니다. 더 이상 돈 쓰지 마시고 집으로 가세요. 일상생활에 익숙해지는 게 낫습니다."

의사 선생님 말은 틀린 말이 아니었다. 한 달 재활치료 병원비만 거의 500만 원이었다. 2년을 했다. 혹시나. 어쩌면. 내게도 기적이라는 게 일어나지는 않을까. 죽어라 재활치료를 받으면 마비된 몸이 돌아오지는 않을까… 하지만 내 몸의 시간은 2년 전 그대로 멈춰 있었다. 처음부터 알고 있었지만 집으로 돌아간다는 건 희망을 버리는, 무기력하게 포기해 버리는 것이라고 생각했었다.

외국에서는 사지마비 환자에게 빠른 퇴원을 권한다고 한다. 재활치료에 매달리는 것보다 일상으로 돌아가 예전처럼 사회생활을 할 수 있도록 노력하는 게 환자를 위한 일이기 때문이다. 물론 관절이 굳어지는 것을 막기 위해 관절을 움직여주는 운동은 매일 필요하지만 그 외에 물리치료나 작업치료를 한다고 해서 몸이 예전처럼 제 기능을 할 수 있는 건 아니다.

사고 후 6개월이나 1년 정도 안에 환자가 약간의 회복을 하는 경우가 종종 있는데, 나도 전혀 움직이지 않던 오른쪽 팔을 아주 조금 움직일 수 있게 되었다. 팔의 힘으로 움직인다기보다는 어깨 삼각근을 이용해 팔을 미는 움직임인데, 팔을 약간이라도 움직일 수 있게 되니 전동 휠체어 운전을 스스로 할 수 있게 되었다.

이것이 나의 기적이었던 것 같다. 처음 전동 휠체어를 타는 순간은 말로 형용할 수 없는 자유로움을 느꼈었다.

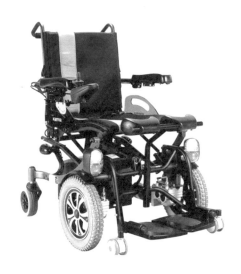

2015년 3월,

나는 모든 현실을 받아들이고 집으로 돌아왔다.

국립재활원에 있을 때 한 사회복지사님의 권유로 '하모니카 훈련과 음악 치료' 프로그램을 듣게 되었다. 경추 손상 환자들은 폐활량[7]이 일반인들에 비해 3분의 1밖에 되지 않기 때문에 늘 폐를 팽창, 수축시키는 연습을 해야 하는데, 하모니카는 호기와 흡기[8]를 모두 사용하는 악기로 심폐기능 강화 에 큰 도움이 된다. 부드럽게 이어지는 느낌으로 불어야 하는 하모니카는 그 만큼 많은 숨이 필요하지만, 비교적 배우기가 쉽고 크기도 작아 언제 어디서 나 즐길 수 있는 악기였다. 처음에는 호흡 훈련이 목적이었지만 시간이 지나 면서 하모니카는 내게 훈련 그 이상의 것이 되었다.

그때는 노래를 부를 수 없다고 생각했던 시기였기에 '노래를 부를 수 없다면 악기로 노래하자!'라는 생각밖에 없었다. 손바닥만 한 나의 블루스 하모니카는 음악과의 마지막 연결고리였다. 나는 살기 위해 하모니카를 불었고, 하모니카가 있어 살아 있음을 느꼈다.

"재활이나 해. 당신이 하모니카만 부니까 못 걷는 거야!"

옆 침대 환자분이 소리쳤다. 되도록이면 병실이 비었을 때 하모니카를 불었는데, 하모니카에 빠져 다른 분들이 있을 때에도 하모니카를 부르는 날이 늘어났다. '신경이 3센티가량 없는 제가 재활을 통해 걷는다는 건 불가능합니다.' 억울함을 전하고 싶기도 했지만, 죄송하다는 말만 남기고 병실을 나섰다. 혹독한 연습에 익숙해져 있던 나는 옥상으로 올라가서 연습을 했고, 다시 항의가 들어오면 병원 밖으로 나가 연습을 하곤 했었다.

"눈을 감고 숲 속에 있다고 상상해보세요."

음악치료 선생님은 하모니카 전공자는 아니었지만 음악을 사랑하는 분이셨다. 눈을 감고 가만히 하모니카 연주를 들으니 정말 숲 속에 와 있는 것 같았다. 시원한 바람이 부는 어느 여름날, 잎이 무성한 나무 아래 편안히 누워 낮잠을 자는 것 같은 기분이었다. 살며시 눈을 떠보니, 연주를 듣고 있던 모든 사람들이 세상 그 누구보다 행복한 얼굴을 하고 있었다. 마치 아무도 치료해줄 수 없는 아픈 마음을 음악이라는 약으로 치유받고 있는 것 같았다.

…그동안 너무 하모니카 연습에만 매달렸던 건 아닐까?

잠시 고독한 연습을 접어 두기로 했다. 하모니카를 잘 부는 것도 좋지만 나는 음악으로 소통하고 사람들과 마음을 나누고 싶었다.

하모니카는 혼자 연주할 때에도 아름다운 소리를 내지만, 함께 연주하면 더욱 풍요로운 음악이 된다. 애잔한 노래부터 신나는 행진곡까지. 사람들과 함께 하모니카를 연주하면서 나는 아픔을 잊었고, 서로의 음악을 들으면서 행복함을 느꼈다. 그렇게 나의 블루스 하모니카는 음악과 나의 연결고리이자, 다른 사람들과의 연결고리가 되어주었다.

예전만큼 긴 시간은 아니지만, 나는 지금도 매일 하모니카를 연습한다. 한때는 하모니카 연주자를 꿈꾸며 6개월 정도 전문가 수업을 받기도 했었다. 지금은 노래도 부를 수 있고 하모니카까지 연주할 수 있으니 이보다 더 좋을 순 없을 것 같다. 게다가 250㎖였던 나의 폐활량이 650㎖까지 좋아졌으니, 이제 나의 삶에서 하모니카는 떼려야 뗄 수 없는 존재가 된 것 같다.

가끔 누구에게도 말 못 할 힘든 시기가 찾아오면 하모니카를 연주하곤 한다. 차분히 하모니카를 불다 보면 마치 누군가와 긴 대화를 한 것처럼 마음이 나아진다.

바쁜 일상에 지치고 힘들 때, 한 번쯤 하모니카의 섬세하고 아름다운 울림을 들어보길 권한다. 분명 하모니카는 우리를 포근하고 기분 좋은 숲 속으로 데려가줄 것이다.


시원한 바람이 부는
잎이 무성한 어느 나무 아래로

국립재활원에 있을 때 사회 복귀 훈련을 받은 적이 있다. 처음 받았던 건 대중교통을 이용한 사회 복귀 훈련이었다. 휠체어를 타고 사회복지사 한 분과 거리로 나왔다. 버스정류장에서 저상버스를 기다렸다. 버스가 도착하자 기사님이 내려 리프트를 내리고 내 휠체어를 채운 뒤 리프트를 다시 올려주셨다. 10분에서 15분 정도 걸린 것 같다. 승객분들이 화가 나서 나를 쳐다보는 것은 아니었을 텐데 그 분들에게 미안해 목적지에 도착할 때까지 고개를 숙이고 있었다. 그리고 다시 15분이 걸려 버스에서 내렸다. 리프트에서 내려오며 다시는 버스를 타지 않아야겠다고 생각했다. 버스에서 내려 지하철을 타러 갔다. 지하로 내려가기 위해 엘리베이터를 기다리는데 장애인과 노약자를 위해 만든 엘리베이터 앞에 그렇지 않은 분들이 더 많이 보였다. 엘리베이터를 3번 보내고 지하로 내려가 승강장 앞에서 지하철을 기다렸다. 문이 열렸지만 서 있는 사람들 사이를 비집고 들어가기가 버거웠다. 지하철을 타지 않고 돌아섰다.

병원으로 돌아가고 싶었다.

영화 관람을 통한 사회 복귀 훈련도 했다. 매표소에서 표를 끊는데 장애인 자리는 맨 앞좌석으로 지정되어 있으니 좌석을 고를 필요가 없다고 했다. 사회복지사님께서 극장 측에 항의를 했고 뒷좌석에서 영화를 볼 수 있게 되었다. 장정 6명서 나를 들어 올려 뒷줄에 앉혀주었는데, 사람들에게 괜한 피해를 준 것 같아 연신 사과를 해 댔다. 영화가 무슨 내용이었는지도 기억나지 않는다. 그저 이 민망한 곳을 나가고만 싶었다.

그 이후 나는 사회 복귀 훈련을 거부하고 누워만 있었다. 사회 복귀는 무슨… 멍하니 누워서 며칠을 보냈던 것 같다. 그런 내가 안타까웠는지 작업치료사님이 헤드마우스로 컴퓨터를 사용하는 법을 가르쳐주었다. 이마에 센서를 부착하고 컴퓨터에 인식 센서를 다니 머리로 마우스를 움직일 수 있었다. 호스에 대고 입김을 후 불면 오른쪽 클릭, 마시면 왼쪽 클릭, 두 번 빨아들이면 더블 클릭이었다.

할 일 없이 누워만 있던 하루가 조금씩 즐거워지기 시작했다. 인터넷으로 이곳저곳을 여행도 다니고, 맛집 투어도 해보고 공연도 관람했다. 엄청 느린 타이핑이었지만 친구와 대화도 나누고, 관심사가 같은 사람들과 친해지기도 했다. 딩동. 누군가 내게 메일을 보내 왔다. 노래에 대한 고민으로 자문을 구한다는 내용이었다. 내가 알고 있는 한에서 최대한 도움이 될 수 있는 방법을 알려드렸다. 딩동. 다시 메일이 왔다. '정말 큰 힘이 되었습니다. 감사합니다.'

내가 누군가에게 도움을 줄 수 있다니! 가슴이 벅차올랐다. 생각해보니 나도 할 수 있는 일이 있었다. 헤드마우스를 쓰고 글을 쓰기 시작했다. 오랜 시간 학원에서 학생들을 가르쳤던 경험과 동영상 강의, 자료를 모아 보컬 책을 내기로 마음먹었다. 팔을 쓰지 못하는 내게는 만만치 않은 일이었지만 힘들지 않았다. 일일이 마우스를 불어 가며 적어야 했기에 한 페이지를 쓰는 데도 엄청난 시간이 걸렸지만 지치지 않았다. 담당 작업치료사님의 응원과 도움으로 나는, 나의 첫 책 〈크로스 김혁건 보컬강좌〉에 마침표를 찍을 수 있었다. 4개월간 하루도 멈추지 않고 썼던 글이 책으로 출판되었을 때, 나는 또 바보처럼 눈물을 흘렸다.

문득 처음 버스를 탔던 날의 기억이 떠올랐다. 그날 내가 느꼈던 민망함과 미안함은 대체 무엇이었을까. 버스에서, 지하철에서 내가 고개를 숙였던 것은 사람들의 시선 때문이 아니라 내가 나 스스로를 동정했기 때문이었다. 내가 나에게 당당하지 못했으니 사람들의 눈치를 보았던 것이고, 스스로를 사랑하지 않기에 세상도 사랑할 수가 없었던 것이다.

하지만 다행인 것은, 내가 장애라는 방해물을 이겨내기 위해 멈추지 않고 도전하고 있다는 것이다. 멈추지 않고 글을 썼더니 책이 나왔다. 앞으로 내 갈 길은 지금보다 더 멀고 험할 수도 있다. 허나 이제 그저 멍하니 멈춰 서 있는 건 하지 않기로 했다. 멀고 험한 길에도 끝은 있을 것이고, 한 걸음 한 걸음 가다 보면 예상치 못한 행복도 만날 수 있을 테니.

너무 힘들면 가끔 쉬어 가긴 하겠지만,
결코 포기하진 않겠다.

희망과 용기를 주는
즐거운 노래를 하길 바란다

"아버지! 엄마! 대상이에요! 뮤직 페스티벌 대상!"

…

아들놈이 밤마다 늦게 들어오기에 뭘 하나 했더니 노래 대회에 나갔나 보다. 잘했다 잘했어! 축하해! 박수를 치며 행복해하는 애들 엄마를 보면서 나도 웃으며 축하한다고 하려고 입을 열었는데, 무뚝뚝한 입은 "그랬냐?" 하더니 닫혀 버렸다. 그러고는 안부를 묻는 척 지인들에게 전화를 걸어, "아들이 대상을 탔는데 뭐 자기가 알아서 하겠지" 하며 은근슬쩍 자랑을 했다. 며칠을 웃고 다녔는지 모르겠다.

5년 만에 얻은 막둥이는 어릴 때부터 끼가 많아 사람들 앞에서 춤도 잘 추고 노래도 곧잘 불렀었다. 그 모습이 어찌나 귀엽고 사랑스러웠던지 만약에 내가 감정 표현을 잘하는 사람이었으면 '예쁘다'를 입에 달고 다녔을 정도였다. 이 '막내바보' 아빠는 시험 성적이 잘 안 나와 화가 났는데도 배시시 하며 웃는 막내의 모습에 덩달아 웃어 버리고, 아들이 친구들과 놀다 집에 늦게 들어와도 "들어왔으면 됐다" 하며 방문을 닫곤 했었다. 보컬 학원을 다니고 싶다고 하면, "그래라." 성악 레슨을 받는다고 하면, 주머니에서 레슨비를 꺼냈다.

사실 첫째를 키울 때만 해도 나는 고집불통 아빠였다. 큰아들은 무조건 법대에 가야 한다며 혼자 결정하고는, 성악을 하고 싶어 하던 아들을 붙잡고 공부만 시켰다. 자고로 남자라면 사회에서 지위가 있어야 하고, 그 명예로 살아야 한다! 욕심인 줄도 모르고 아들의 꿈을 책상 위에서만 펼치게 했다. 지금도 미안해하는 날 보며 이 순둥이 큰아들은 마음 쓰시지 말라며 내 덕분에 편히 살고 있다고 말해준다. 이 아비의 설익은 바람을 달성해주고, 지금은 너그러이 이해까지 해주는 아들의 고마운 마음에 더 미안해진다. 첫째가 힘들었다는 걸 알았기에 막내는 하고 싶은 걸 마음껏 할 수 있게 도와주고 싶었다. 하지만 막상 가수가 되겠다고 하니 불안한 마음에 기쁨보다 걱정이 앞섰다. 연예계라는 곳이 어떤 곳인지도 모르는데, 혹시나 어린 아들이 상처라도 받으면 어떡하나. 근심을 떨칠 수가 없었다. 이런 내 속을 아는지 모르는지 아들놈은 작업실에 틀어박혀 집에도 잘 안 들어오고, 집에 와서도 온종일 방에 틀어박혀 노래만 불렀었다. 그렇게 쉬지도 않고 노래를 하더니 결국 성대 결절로 수술까지 했다. …노래가 그렇게나 좋을까. 말도 못하고 속으로만 끙끙거렸었다.

그러던 어느 날 아들이 집에 들어오더니, 홍대 어디 클럽에서 공연을 한다고 했다. "그래?" 관심 없는 척했지만 가족들 몰래 클럽을 찾았다. 아들의 공연을 두 눈으로 직접 보고 싶었다. 젊은이들을 피해 벽 뒤에 몸을 숨기고 공연이 시작되기를 기다렸다. 조명이 점점 밝아지더니 무대 위에 아들의 모습이 보였다. 갑자기 심장이 두근거렸다. 내가 노래를 하는 것도 아닌데 어찌나 긴장이 되던지, 마이크를 타고 흘러나오는 아들의 목소리를 듣고서야 조금씩 진정되기 시작했다. 그러고는 공연이 끝난 줄도 모르고 넋을 놓고 있다가 사람들의 환호성에 깜짝 놀라 생뚱맞게 박수를 쳤다. 입을 귀에 걸고 고개를 끄덕이며 한참동안 박수를 쳤던 것 같다. 무대 위에서 노래하는 아들의 모습은 세상에서 가장 행복해 보였다. 그 뜨거운 열정에 내 모든 근심과 걱정이 눈 녹듯 녹아내렸다.

사실, 그날 아들보다 더 행복한 사람은 나였던 것 같다.

아버지가 전하는 아들 이야기

무대 위에 두 발로 서서 노래하던 막내의 모습은 이제 사진으로만 남아 있다. 아들의 공연을 보면서 혹시 실수라도 하지 않을까 늘 조마조마했지만 이 가수는 단 한 번도 관객을 실망시킨 적이 없었다. 지금도 나는 아들의 공연을 볼 때마다 심장이 콩닥거린다. 하지만 그는 여전히 우리를 실망시키지 않는다. 사진 밖으로 나와서도 노래를 부를 때 가장 행복해하는 아들을 보며 다시 다짐한다. 내가 할 수 있는 모든 걸 다 해주자. 아들이 행복한 것이 바로 내 행복이다.

나는 아직도 '막내바보' 아빠다.

뙤약볕이 내리쬐는 어느 뜨거운 여름, 막내를 배웅하기 위해 우리 가족은 논산 훈련소로 향했다. 아들은 위험하다고 반대하는 엄마의 말을 뒤로하고 특전사 공수부대에 자원입대했다. "당당하게 다녀와. 별거 아니야"라며 멋 들어지게 말하긴 했지만, 막상 아들을 보내려고 하니 마음이 싱숭생숭했다.

"걱정 마세요. 잘 다녀올게요."

연신 눈물을 닦아내는 엄마를 안아주며 미소 짓는 아들이 갑자기 어른처럼 느껴졌다. 자식은 나이가 들어도 제 부모 눈에는 아기라더니, 다 큰 아들을 아직까지 철없는 아이처럼 생각했었나 보다. 아들은 눈물 한 방울 보이지 않고 늠름하게 연병장으로 향했다. 그러고는 짧은 머리의 다른 아들들과 함께 신병 구호를 외치며 훈련소로 들어갔다. '역시 날 닮아서 듬직하구나' 하는 생각이 끝나기도 전에 눈물이 흘러내렸다. "원래 나이가 들면 눈물이 많아지는 거야" 손수건으로 눈물을 닦아내는 날 보며 아내가 웃음이 터졌다. 첫째도 둘째도 처음 본 아버지의 모습에 한참을 웃더니 다시 코를 훌쩍거렸다. 한번 터진 눈물샘은 도통 멈출 줄을 몰랐다. TV에서 훈련하는 군인들만 봐도 괜히 울컥하고 눈물이 났고, 군대 내에서 일어나는 사건 사고 뉴스를 접하기라도 한 날이면 하루 종일 일도 손에 잡히지 않았다. 공수부대에서 낙하 훈련 도중 낙하산이 안 펴져서 죽은 군인이 있다는 말을 들었을 때는 며칠 동안 가슴이 떨려서 잠도 못 자고 전화만 기다렸다. 이렇게 아들을 밤낮으로 걱정할 거면서 왜 아들이 곁에 있을 때는 무뚝뚝하게만 행동했을까. 나이가 들어 눈물이 많아지는 것은 괜찮았지만, 후회를 쌓고 싶지는 않았다.

고민 끝에 나는 펜을 들었다. 감정을 표현하는 것이 낯선 나였기에, 말보다는 글이 좋을 것 같았다. 몇 번을 썼다 지우고, 몇 장의 종이를 펼치고 구기면서 글을 써 내려갔다. 편지를 보내고 며칠이 지나 아들의 답장이 왔다. 뻥뚫린 가슴이 채워지는 것 같았다. 아들과 편지를 주고받는다는 것은, 갑작스러운 사랑 고백만큼이나 낯선 행복이었다. 그렇게 우리 집 우편함은 2년 동안 열렸다 닫혔다를 반복했다.

"병장 김혁건 2011년 8월 20일부로 전역을 명받았습니다.
이에 신고합니다. 단결! 아버지 어머니 사랑합니다!"

길고도 짧았던 복무 기간이 끝나고 아들은 무사히 제대를 했다. 막둥이가 언제 이렇게 컸을까. 대견한 마음에 눈물이 흘렀다. 아들 앞이었는데도 창피하지가 않았다. 나이가 들어 부끄러움이 없어진 걸까, 아니면 나이가 들어 더 솔직해진 걸까. 지금도 내 책상 서랍 안에는 그때 주고받은 편지가 들어 있다. 가끔 삶에 지쳐 힘이 들 때면 편지를 꺼내 보곤 하는데, 편지를 읽는 것만으로도 비어 버린 이 내 마음이 채워지곤 한다. 앞으로도 나의 삶을 지켜줄 이 편지들을 보내준 아들에게 고마움을 전한다.

두서없는 나의 끄적거림에도 늘 진심을 담아 긴 글을 보내준 아들아 고맙다.

아버지 어머니 건강히 계시는거요?

두부 술 조금만 드시고 화목하게 계셨으면 좋겠습니다

아들은 군에 입대해 증평에서 신체적, 정신적으로

가장 힘든 시간을 보내고 있습니다

하지만 이 고난과 역경을 이겨내고 사회로 복귀하여

더 큰 성공과 야망을 마음껏 펼쳐볼날이 오리라

믿습니다.

집에 아들, 딸 모두 결혼하여. 군입대하여 출가한후

외로운 시간을 보내고 계실것 같습니다.

아버지가 어머니 손잡고 외할머니 산소도 가주고

두분이 따뜻한 시간을 보내세요

제가 남은 군생활 1년 4개월 정도 입니다.

그동안 두분이 몸 건강히 정신도 건강히

계셔야 합니다.

어머니는 마음이 여리시니 항상 아버지가 한번더

챙겨주시고. 술 조금만 드시게 해 주세요.

아버지는 몸이 좋지 않으시니 운동을 자주 하시고

시간이 안되시면 족막이라도 하시고

너무큰 과욕과 자신감 보다는 이제는

가족과 있는 시간과 가진 행복을 돌이켜

보시고 남은 인생을 행복하게 보내세요

건강히 돌아가 효도 하겠습니다

어머니 아버지 사랑합니다

작은아들 혁건 올림

2009년 2. 6

김광동 명직 철거 헌법재판연구원장 회장
크로스 실용음악학원학장
한국 Kwpa 사진작가 협회회장

# #자랑스런 나의 아들아.

길을 걷다가 실을 밀고 드는 낯이 선비람에 겨울이 성큼 다가옴을 느낄수 있었다. 지난 8월, 뜨거운 태양별 아래서 논산훈련소에 너를 보낸 거가 엊그제 같은데 벌써 겨울이 왔구나. 이토록 추운 날, 대한민국을 위해 고생하고 있을 너를 생각하면 아버지는 그만 가슴이 시리다. 그러나 한편으로는 대한민국의 자랑스러운 아들이자, 나의 아들인 혁건이 네가 참대견하고 자랑스럽단다.

처음 네가 특전사에 지원입대 하겠다고 밝힌 그 날, 아버지와 어머니는 주 춤 주 밭을 저어가며 반대했었다. 그러나 너의 강한 의지를 꺾을 수는 없었다. 이제와 돌아보니, 남자라면 당연히 특전사를 지원하는 것 아니더냐 너의 그 말을 이해할 수 있을 것 같구나. 더욱이 오늘날 일부 젊은이들이 병역의무를 기피하고 있는 시점에, 공인으로서 많은 이들에게 귀감이 되고 있다는 점에 새삼 네가 자랑스럽게 느껴진단다.

논산 훈련소에 너를 보내던 날, 그 날을 아버지는 아직도 잊을 수가 없다. 마음이 약해져 행여 눈물이 날까 두려움을 들이삼지 못하고 입대하는 너를 보며 아버지 마음이 얼마나 아팠던지. 차마 아들 앞에서 눈물을 보일 수가 없기에 내가 내 시야에서 사라져 친후뒤, 남몰래 눈물을 훔친 아버지를 너는 알까. 이는 비단 나 뿐만 아니라, 아들을 군에 보내는 모든 부모님의 마음 또한 그랬을 것이다.

사회에서는 학원을 운영하고, 대학에 출강하면서 아이들을 가르쳤던 네가 뒤늦게 군에 입대해 적응을 잘할 수 있을지 걱정이 앞섰었다. 그러나 이는 괜한 걱정이 었음을 네가 행동으로서 보여주었지. 훈련소 시설, 바램소리에 편입되어 조금도 훈련을 기피하지 않고 파성병들과 똑같이 훈련을 받고 울고 웃었던 너를 통해 아버지는 대한민국 남자라면 누구나 군복무의 의무를 지혜야한다는 것과 누구나 군 생활을 즐겁게 할 수 있다는 것을 배우게 되었단다.

## 내 아들 혁건아~

아버지는 군대에 가서도 음악에 대한 열정의 끈을 놓지 않는 네게 큰 박수를 보내고 싶다. 사회에 있을 때보다 더 씩씩하고 늠름한 모습으로 군 장병들에게 용기를 주는 노래를 하는 모습에 얼마나 감동을 받고 뿌듯했는지 모른다.

새초운 한 해가 시작되는 이 시기에, 앞으로도 우리 아들이 더 좋은 노래를 만들

어 대한민국 모든 걸병들에게 큰 용기를 줄 수 있는 음악을 지속적으로 할 수 있
기를 바란다. 네 앨범에도 들어있는 '넌 할 수 있어'라는 노래처럼 넌 할 수 있다
고, 멀리서나마 이렇게 아버지의 마음이 너에게 닿기를 기도해본다.

바람이 차구나.
무뚝뚝하고 표현에도 서투른 아버지이지만, 너에 대한 사랑이 얼마나 큰 지 아
버지는 가슴을 꺼내 보여주고픈 심정이다. 모든 생물이 본연의 색을 잃고 살 얼음
추운 겨울이지만, 모든 대한민국의 아들들의 가슴에는 꺼지지 않는 열정의 불
꽃이 있는 것 같구나.

사랑하는 아들,
오늘도 아버지는 너의 힘으로 걷는다.

Kim Hyuk Gun

shining fac

더크로스와 러빙더크로스의 보컬리스트로 활동한 김혁건이 솔로 디지털 싱글 병속의 요정
(Shining face) 을 발매한다. 10여 년 전 부터 준비해온 그의 야심찬 싱글앨범이다.
그는 지난 2009년 8월 조용히 특전사에 자원입대를 하여, 제13공수 특전여단에서 현역으로
군복무 중이다.

사회에서도 국방월드컵 공식 응원반으로 독일원정공연, 서울문화회관 '한 · 중 · 일 성소년을
위한 무지개문화한생공연', 심상의료인 장제주를 위한 콘서트 등으로 봉사활동을 계속해왔던
김혁건 이병은 군에서도 열심히 봉사활동을 하고 있다.
2009년 12월 특전사령부와 CnI방송국이 개최한 겨울선사음악회에 출연하며 병상 성사경,
강타 등과 출연하여 특전사 장병들을 위해 노래했다. 또한 130단들 위해 작은 음악회도 출
연하는 등 봉사활동을 아끼지 않는다. 계속적인 문사를 통하여 군 장병들의 사기를 승진시키
며 국도병위를 즐거운 마음으로 충실히 할 수 있도록 노력하겠다고 한다.

이번 싱글앨범은 군 입대 전 녹음해 놓았던 곡으로 요정과의 대화를 하는 기사와 감성적인 멜
로디가 동보이며 눈을 감고 듣고 있으면 마치 만화 영화 속에 빠져드는 듯하다. 몽환적인 멜
로디에 부드러운 목소리로 한 줄 한 줄 읽어 내려간 가사는 디즈니 애니메이션을 보는 듯한
아분과 함께 가슴에 남는다. 김혁건의 예전 앨범과 노래에는 힘이 있었다. 하지만 이번 앨범
은 힘보다는 절제의 미가 담겨있다. 힘 있는 고음을 기대하는 팬들은 이승유할지 모르나, 또
다른 그의 색깔을 확실하게 보여주고 있다. 그의 목소리는 진실이 남겨있어 흐느끼게 하기
는 한숨 쉬게 하고 미소 짓게 한다. 그의 앨범이 상업주의와 타협하지 않은 음반임에도 충분
히 공감할 수 있는 이유는 아마 순수한 마음으로 돌아가 노래한 것 때문일 것이다.

"왜? 늦었는데 같이 가지 않고."

"얼굴만 보고 금방 들어갈게요."

…고집을 부려서라도 아들을 데리고 집에 돌아왔어야 했다. 목줄을 걸어서라도 어떻게든 끌고 왔어야 했다. 인생의 단 한 순간, 되돌리고 싶은 유일한 시점이 있다면 두말할 것 없이 바로 그 밤이다.

"응급실입니다. 20분 내로 오시지 않으면 아드님을 영원히 못 볼지도 모릅니다."

아들을 보내고 집으로 들어온 지 1시간도 채 지나지 않은 시간이었다. 전화를 끊고 외투를 어떻게 입었는지, 택시를 어떻게 탔는지도 모르겠다. 내게 웃으며 인사하던 아들의 마지막 얼굴만 떠올랐다. 왜 아들을 혼자 보냈을까. 왜 나만 집으로 돌아온 걸까. 후들거리는 다리를 주먹으로 내리치며 응급실로 뛰어 들어갔다. 피범벅이 된 아들이 침대에 축 늘어져 있었다. 힘겹게 눈을 껌벅이는 모습이 금방이라도 눈을 감아 버릴 것만 같았다. 무릎을 꿇고 의사의 바짓가랑이를 붙잡았다.


"살려주세요. 선생님 우리 아들 살려만 주세요. 제발 살려만…"
"준비하고 계세요."


장례 준비를 하라는 의료진의 말에 하늘이 무너지는 것 같았다. 아들이 아내와 날 보며 힘겹게 미소를 지었다. 아들을 수술실로 들여보내고 바닥에 털썩 주저앉았다. 아들을 데리고 집으로 돌아오지 않은 게 원통하고 또 원통해서 가슴을 마구 쳐 댔다. 모든 게 내 탓인 것만 같았다. 내 새끼 대신 내가 아플 수만 있다면, 자식을 살릴 수만 있다면 그게 무엇이든 다 할 수 있는데, 할 수 있는 게 아무것도 없었다.


"아버지! 당신 손자 좀 살려주세요. 할아버지! 혁건이…
우리 혁건이 제발 살려줘요."


아들이 잘못되면 나도 죽겠노라고 다짐했다.
11시간이 어떻게 흘렀는지 모르겠다. 수술실 문이 열리고 의사 선생님이 걸어 나왔다. 심장이 터질 것 같았다. 아들이 수술을 잘 견뎌냈다는 소식을 듣자마자 다리에 힘이 풀려 다시 바닥에 주저앉았다. 감사합니다. 감사합니다. 긴 수술을 이겨낸 아들과 아들을 지켜준 모두에게 감사하고 감사했다.

아내와 나는 '감사합니다'를 연신 되풀이하며 그렇게 한참을 울었다.

  그때의 나는 경추 손상이 어떤 것인지도 모르고, 이제 아들이 나을 일만
남았다고 생각했다. 치료를 하면 아들의 감각이 돌아오고 재활 훈련을 받으
면 예전처럼 움직일 수 있을 거라고, 시간이 조금 걸릴 수도 있지만 희망을 갖
고 최선을 다하면 분명 나을 수 있을 거라고 믿었다. 하지만 얼마 지나지 않아
나는 내 아들이 앞으로 평생 누워서 지내야 한다는 사실을 알게 되었다.

넌할수있어

## 아버지가 해줄 수 있는 일

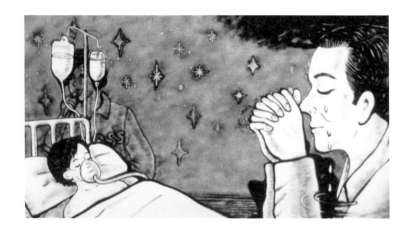

　중환자실에 있던 아들을 면회할 수 있는 시간은 하루 2번밖에 없었다. 우리가 면회 시간에 맞춰 아들의 얼굴을 보며 슬퍼하는 동안 아들의 뒤통수, 등과 엉덩이, 허벅지, 발뒤꿈치는 썩어 가고 있었다. 아들 몸에 그런 끔찍한 일이 벌어지고 있었는데도 나는 그 사실을 전혀 모르고 있었다. 처음에는 동전만 하던 상처가 시간이 지나면서 걷잡을 수 없이 커졌다. 어째서 초기에 아무런 관리도 해주지 않았을까. 의사도 간호사도 모두가 원망스러웠고, 그 사실을 모르고 있던 나 자신에게도 분통이 터졌다. 병원을 옮겼다. 아들은 매일 수술실에 들어가 썩은 살을 도려내야 했다. 어찌나 긁어냈는지 꼬리뼈가 훤히 다 보일 정도였다. 욕창 치료 때문에 24시간을 엎드려 지내야 했는데, 엎드려서 겨우 숨만 쉬는 모습이 너무 처참하고 불쌍해 차마 눈 뜨고 볼 수가 없었다. 목 수술은 1~2달 만에 끝났는데 욕창 치료가 1년이나 걸렸다.

여름이 되니 날씨 때문에 피고름이 많이 생겼다. 고름 체크를 위해 의사들이 큰 바늘로 피부를 찔러 대도 신경이 마비된 아들은 아무것도 느끼지 못했다. 하지만 고름을 기계로 뽑아내고 나면 몸에 열이 올라 무척이나 괴로워했다. 아파하는 아들을 볼 때마다 내 몸도 갈기갈기 찢어지는 것 같았지만, 내가 해줄 수 있는 건 아무것도 없었다.

어느 날은 잠시라도 앉아보고 싶다는 아들의 말에 침대를 올려주었는데 그 짧은 몇 초 만에 기립성저혈압[9]으로 혼절을 했다. 혈압이 급격히 떨어지고 혈액순환이 안 되어 피가 아래로 쏠려 실신한 것이다. 간호사의 도움으로 금방 다시 눈을 뜨긴 했지만 지금도 그때를 생각하면 정신이 아찔해진다. 보호자이면서 아들을 보호하지 못했다는 생각에 가슴이 저려 온다.

아들은 자신의 눈물에 혹시나 가족들이 더 아파할까 눈물도 잘 보이지 않고 약한 모습을 들키지 않으려 무던히도 노력했다. 그런 아들 앞에서 내가 먼저 무너질 수는 없었다. 유명하다는 한방병원 원장님이며 침술사를 모셔와 침도 맞아보고 몸에 좋다는 건 다 구해서 먹여보았지만, 결과는 늘 침통

했다. 좋아질 거라는 기대로 시작한 재활치료도 마찬가지였다. 세상 그 어디에도 아들을 다시 걷게 할 방법은 없었다. 누구보다 건장하던 아들은 이제 혼자서는 아무것도 못 하는 몸이 된 것이다. 그 사실을 받아들이는 데 많은 시간과 노력이 필요했다.

모든 걸 내려놓고 재활병원에서 퇴원해 아들과 함께 집으로 돌아왔다. 아들을 눕히고 짐을 푸는데 재활원에 있을 때 아들이 준 편지가 보였다. 재활치료 중 하나였던 글씨 쓰기 훈련 때 받은 선물이었다.

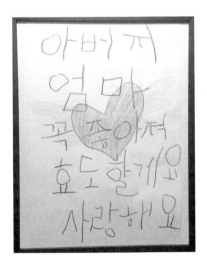

삐뚤빼뚤 아이가 쓴 것 같지만 온 힘을 다해 써 내려간 글을 보고는 미안한 마음에 눈물이 왈칵 쏟아졌다. 아들은 꼭 좋아져 내게 효도한다고 적었는데, 나는 왜 다 포기한 사람처럼 굴었던 걸까. 나는 아버지니깐 아들을 보고 슬퍼하는 것이 아니라 행복해해야 했는데. 아들이 지금보다 더 좋은 삶을 살 수 있도록 도와줘야 하는데.

...

극적으로 나아서 꼭 걷게 만들어야 한다는 엄청난 변화를 바라는 게 아니라, 우리 아들이 조금이라도 더 편해지고 한 번이라도 더 웃게 하는 방법이 무얼까. 차분히 생각하니 내가 곁에서 해줄 수 있는 목록이 많이 떠올랐다. 다시는 아들이 아무것도 할 수 없다는 생각은 하지 않기로 했다. 이제 아들이 즐거워하고 행복질 수 있는 일들만 떠올리자. 나는 쌓인 눈물을 천천히 닦아냈다.

사고 후 아들의 목소리가 모기 소리 정도밖에 나오지 않아 틈틈이 소리 내는 연습을 하곤 했었다. 그날도 요양병원 주차장에 나와 다른 환자들과 함께 소리 내는 연습을 하던 중이었다. 배에 힘을 주지 못해 혼자서는 기침을 잘 못하니, 기침을 해서 가래를 뱉어내라고 아들의 배를 눌러주었는데 갑자기 큰 소리가 났다. 모두들 깜짝 놀랐다. 평소에 답답해하거나 혈압이 떨어질 때 배를 눌러주면 좋아지곤 했는데, 배를 눌렀을 때 소리가 크게 나온다는 건 처음 알게 되었다. 신기한 마음에 계속 배를 눌러보니 소리가 점점 더 크게 났다.

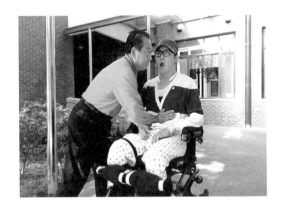

사고 후 의사 선생님은 아들이 더는 노래를 할 수 없을 거라고 했었다. 심호흡도 크게 못 하고 목소리도 잘 나오지 않았으니, 노래를 하는 건 당연히 불가능할 거라고 생각했다. 그런데 아들의 배를 누르는 순간 들었던 소리는 이제까지와는 전혀 다른 소리였다. 어쩌면 아들이 다시 노래를 부르는 것도 가능하지 않을까?

한 가닥의 가능성을 발견한 아들과 나는 한 팀이 되어 노래 연습을 시작했다. 내가 배를 누르고 아들은 노래를 불렀다. 처음에는 조금 불안정했지만 연습을 하면 할수록 소리가 다듬어지면서 매끄러워졌다. 사고 후에 아들이 그렇게 열정적으로 뭔가에 매달리는 것을 처음 본 터라 덩달아 나도 신이 났다. 하지만 나이 탓인지 힘을 실어 배를 누르는 건 금방 힘에 부쳤고, 노래를 하는 아들의 호흡에 맞춰 배를 누르는 것도 쉽지 않은 일이었다.

그래서 떠올린 것이 바로 배를 눌러주는 기계였다. 기계라면 지치지 않을 것이고, 아들이 원하는 타이밍에 배를 누를 수도 있을 것이다. 아들과 나는 작업을 시작했다. "노를 젓는 방식으로 눌러주면 어떨까요?" 아들이 디자인이나 작동 방법을 구상하면 내가 그림을 그리고 어설프게나마 모형도 만들어보며 설계도를 제작해 나갔다. 그렇게 완성된 설계도를 품에 안고 철공소를 찾았지만 가는 곳마다 퇴짜를 맞았다. 배를 눌러주는 기계라고 했더니 "세상에 그런 기계가 어디 있습니까. 단가가 맞지 않아 하나만 제작하는 건

힘듭니다." …하지만 포기할 수는 없었다. 각지의 철공소란 철공소의 문은 다 두드렸던 것 같다. 문전박대를 당해도 다시 문을 두드렸고, 충청도 사람을 만나면 충청도가 고향인 척도 해보고, 음료수를 사 들고 가서 사정해보기도 했다. 마침내 내 이야기에 마음이 움직인 어느 철공소 사장님께서 복부 기계를 제작해주기로 했다. 아들에게 달려갔다. 우리는 복권에 당첨된 사람처럼 웃고, 또 웃었다. 그날의 감동은 지금도 잊을 수가 없다.

우여곡절 끝에 '복부 압력기'[10] 1호가 탄생했지만 처음이라 그런지 부족한 점이 많았다. 무게도 너무 무거웠고 배를 누를 때마다 기계에 소리가 나서 노래에 집중할 수가 없었다. 우리는 다시 머리를 맞대고 더 가볍고 소리도 별로 나지 않는 복부 압력기 2호를 만들었다. 하지만 노래를 부를 때마다 누군가 옆에서 조정해주지 않으면 노래를 부를 수가 없었고, 때문에 노래할 때 호흡도 잘 맞지 않았다.

혼자서도 노래를 할 수 있는 로봇 장치를 만들기 위해 서울대학교 로봇융합연구센터에 지푸라기라도 잡는 심정으로 연락을 해보았다. 그런데 선뜻 연구팀은 아들을 위해 자동 시스템으로 된 복부 압력기를 제작해주겠다고 했다. 심지어 아들의 이야기를 들은 로봇융합연구센터장 방영봉 교수님이 먼저 직접 집으로 찾아와주셨다.

아버지가 전하는 아들 이야기

아들에게는 세 분의 은인이 있다. 아들의 목을 수술해준 의사 선생님과 복부 압력기를 만들어준 방영봉 교수님, 그리고 TV 프로그램 〈스타킹〉 작가님. 이 세 분이 아니었다면 아마 아들의 새로운 삶은 없었을 것이다.

그리고 얼마 후 자동 복부 압력기가 완성되었다는 연락이 왔다. 테스트를 위해 연구실로 향하는 아들의 들뜬 모습에 미소가 새어 나왔다. 새로 나온 기계를 장착해보고 성능을 테스트하고 아들의 몸에 맞춰보았다.

"새로운 악기를 만난 것 같은 기분이에요."

복부 압력기는 아들의 또 다른 목소리였다. 남들이 보기에는 단순한 기계이거나 보조도구이지만, 아들에게는 가수라는 직업을 되찾아올 수 있게 하는 엄청난 선물이었다. 아들은 복부 압력기와 함께 노래 연습을 시작했다. 처음에는 소리도 많이 작고, 한 곡을 다 소화하기 힘들어했지만 지치지 않고 연습 또 연습을 했다. 어느덧 아들의 소리는 나아지는 것을 넘어, 깊은 울림과 감동이 있는 노래로 변해 가고 있었다. 그러던 중에 〈스타킹〉 작가님에게서 연락이 왔다. 아들이 무대 위에서 노래하는 모습을 방송에 담고 싶다고 하셨다. 아들의 노래를 다시 대중들에게 들려줄 수 있다니! 기쁨을 감출 수가 없었다. 그리고 그날을 향한 혹독한 노래 연습이 다시 이어졌다.

　기다리고 기다리던 녹화 당일이 되었다. 사회자의 소개로 아들이 무대에
올랐다. 음악이 흘러나오자 가슴이 먹먹해졌다. 아들은 차분하게 노래를 시
작했다. 노래와 함께, 숨도 못 쉬고 엎드려 있던 아들의 모습과 고통으로 울
부짖던 장면들이 스쳐 지나갔다. 눈물이 흘렀다. 나는 내가 희망을 버리지
않은 것을 칭찬했다. 그 희망이 현실이 되어 지금의 기적을 만들어낸 것이다.
그날 흘린 눈물은 기쁨의 눈물이었다.

　아들은 무사히 노래의 끝을 맺었다. 그리고 모두 자리에서 일어나 자랑스
러운 아들에게 뜨거운 박수를 보냈다.

　아주 오래도록.

아버지가 전하는 아들 이야기

나의 아버지, 혁건이의 할아버지는 늘 사진기를 지니고 다니셨다. 인생의 아름다운 순간들을 사진으로 남기시는 아버지를 보고 자랐기에, 역시 그런 아버지가 되는 것은 나의 오랜 꿈이었다. 성인이 된 나는 서울로 올라왔다. 가난 때문에 중학교도 마치지 못했지만 스튜디오에 취직할 수 있게 되었고, 그곳에서 기술을 배웠다. 외로움을 느낄 새도 없는 힘든 하루의 연속이었다. 청소에 허드렛일은 기본이었고, 선배들의 구두를 닦고 험한 말도 견뎌야 했다. 먹는 것을 아끼고 사고 싶은 걸 참아 가며 월급을 모았다. 갖은 고생 끝에 나는 당당히 내 스튜디오를 오픈했다. 그리고 중단했었던 학업을 다시 시작했다. 검정고시를 패스하고 늦은 나이에 대학에 들어가 사진학을 전공한 후 대학에서 강의도 하게 되었다. 일과 학업을 병행해야 했기에 잠자는 시간을 줄여 가며 공부를 했다. 사진 이론과 기술들을 배우다 보니 내 직업의 가치를 깨닫게 되었고, 스스로에 대한 믿음도 단단해져 갔다. 나는 더 큰 꿈을 꾸기 시작했다.

어릴 적, 아버지는 빨간 동백꽃으로 장식한 꽃가마를 타고 시집가던 신부의 모습을 스냅사진으로 남기곤 하셨는데, 문득 결혼하는 신랑 신부의 웨딩 사진을 찍으면 어떨까 하는 생각이 들었다. 그래서 나는 〈명작〉 웨딩 전문

스튜디오를 오픈했다. 그 시절에는 웨딩 스튜디오가 전혀 없었기 때문에 유명 연예인 커플이나 웨딩 사진을 찍으려는 사람들로 문전성시를 이뤘었다.

모두가 그렇듯 나 또한 지금의 내가 있기까지 많은 시련을 겪었었다. 그때마다 깨달은 건 포기하지 않으면 어떻게든 길은 열린다는 것이다. 내가 만약 포기하고 고향으로 돌아갔다면, 생업이 어렵다고 공부를 중단했다면 웨딩 스튜디오는 생각도 못 했을 것이다. 포기하지 않았기에 사진 예술가에서 웨딩 사진 촬영을 보급시킨 대중문화 사업가로의 도약을 인정받아 대통령 표창도 받을 수 있었고 안정적인 가정도 꾸릴 수 있었다.

…

아들이 병원에 있을 때 우울증으로 입을 닫은 적이 있었다. 굳게 닫힌 입은 밥도 밀어내고, 어떤 말도 하지 않았다. 질문을 해도 고개만 끄덕일 뿐이었다. 아들은 모든 걸 다 포기한 사람처럼 보였다.

"치워주세요."

아들은 머리맡에 틀어 둔 음악을 치워달라고 했지만, 나는 노래가 끝날 때까지 기다렸다. 자신이 불렀던 〈넌 할 수 있어〉의 노랫말을 듣고 아들도 아픔을 이겨내기를 바랐다. 매일 실랑이를 벌여야 했지만 나는 하루도 빠지지 않고 노래를 틀었고, 아들은 조금씩 노래에 귀를 기울이기 시작했다. 아들은 〈넌 할 수 있어〉를 듣기 싫어했지만, 지금은 사람들 앞에서 〈넌 할 수 있어〉를 노래한다. 이 모든 건 포기하지 않았기 때문에 가능한 일이었다. 장애가 있다 해도 자신이 바라고, 행할 수 있는 것들은 누리면서 살아야 하지 않겠는가! 봄이 오면 꽃길도 산책하고 여름엔 바다의 향기도 맡고 쓸쓸한 가을엔 영화 한 편, 눈 내리는 겨울엔 크리스마스트리 장식까지. 꼭 이러한 것이 아니더라도 우리의 삶을 행복으로 채워주는 건 무수히 많다. 그러니 삶이 아픈 그대들도 포기 대신 행복을 찾길 바란다. 포기하지 않으면? 불가능은 없다!

얼마 전 아들 공연을 위해 청주에 다녀왔다. 무리한 것도 아니었는데 몸살이 났다. 몽둥이로 두들겨 맞은 것처럼 온몸이 쑤시고 결렸지만, 아들이 속상해할까 봐 말도 못 하고 혼자 끙끙 앓았다. 아들 공연이 지방에 잡히면 늘 내가 운전해서 이동하곤 했는데, 나이를 먹으니 더 빨리 지치는 것 같다. 한번은 안동에서 공연을 마치고 서울로 돌아오는데, 점심을 잘못 먹었는지 숨도 잘 쉬어지지 않고 식은땀이 계속 났다. 아들은 당장 어디 병원 응급실에라도 가자고 했지만, 내가 병원에 가면 아들이 혼자 있을 곳이 마땅치 않아 꾹 참고 서울에 도착해 응급실을 찾았다.

아들이 사고를 당하고 나는 당연히 내 목숨이 다하는 날까지 아들을 뒷바라지하겠다고 결심했다. 수술실에 들어갔을 때 그저 살아만 준다면, 내 곁에 있어준다면 뭐든 하겠다고 한 맹세는 지금도 변함이 없다. 앞으로도 10년은 아무 문제 없다고 생각하지만, 내 나이가 벌써 66세이니 금방 힘에 부치는 것도 사실이다.

지금은 아들이 노래도 하고 강연도 할 수 있게 되었으니, 놀라운 기적을 이룬 거지만 아직도 조심해야 할 일이 한두 가지가 아니다. 목 앞뒤에 사다리 모양의 지지대로 생명줄을 연결해 놓았기 때문에, 목을 한 번 더 다친다면 바로 사망에 이를 수도 있다. 혹시 다시 목이 부러지진 않을까. 항상 조마조마하다. 몸을 단단히 묶지 않으면 휠체어에서도 중심을 잡지 못해 쓰러질 수 있고, 쓰러져도 자기 힘으로는 몸을 조금도 일으킬 수가 없으니 늘 신경을 곤두세우고 아들을 지켜봐야 한다.

한번은 보험금을 예치하려고 아들을 데리고 은행에 간 적이 있었는데 경사로가 없어 휠체어를 타고는 은행 안으로 들어갈 수가 없었다. 어쩔 수 없이 직원에게 부탁을 했는데, 그는 부탁을 들어주면서도 아주 불쾌해 했다. 이런 일은 일상다반사다. 장애에 대한 인식과 편의 시설이 개선되었다고는 하지만 장애인도 사회의 구성원이라는 말이 무색할 때가 많다. 이동로 확보가 안 되어 갈 수 없는 곳도 많고, 경사로가 없어 식당도 편히 들어가지 못한다. 식당에 들어가서도 사람들의 시선 때문에 식사하는 것도 눈치를 봐야 한다. 세상이 조금만 더 친절해진다면 장애 자식을 가진 부모도 마음 편히 눈 감을 수 있을 텐데…

지금도 걱정과 근심이 가득하긴 하지만, 그럼에도 불구하고 나는 우리의 미래를 믿어보려 한다. 나는 지금 아들과 함께 살아가고 있고, 앞으로도 아들을 위해 살 것이다. 그러니 아들이 혼자서도 행복하게 살아갈 수 있는 방법들을 고민하고 또 연구하고 움직여야 한다. 시간이 걸리더라도 역시? 포기는 없다. 내가 움직일 수 있는 힘은 아들이다. 내가 그러한 것처럼, 아들도 누군가를 위한 삶을 살아가기를 바란다. 누구에게나 시련은 있고, 힘든 시기가 있다. 그럴 때 음악은 아픈 마음을 위로해주고 지친 어깨를 토닥여준다. 나는 아들의 노래가 사람들에게 그런 힘이 되었으면 좋겠다. 내가 세상에 없다 해도, 아들은 희망을 노래하고 있을 거라고 믿는다.

언젠가는 아들과 함께 여행을 하며 사진을 찍는 시간을 갖고 싶다. 많은 일들을 겪었으니 카메라 앵글에 이전과는 다른 세상의 모습들이 찍힐 것 같다. 매일 오늘이라는 새로운 사진을 찍듯, 아들을 위해 새로운 희망을 한 장, 한 장 찍어 나가야겠다. 내게 살아갈 힘을 주는 아들에게 다시 한 번 고마움을 전한다.

아버지가 전하는 아들 이야기

아들아.

나는 오늘도 너의 힘으로 걷는다.

내 곁에 있어줘서 고맙다.

4장
# 넌 할 수 있어

배를 눌러 가며 노래하는 영상을 소속사 사장님께 보내드렸다. 영상을 보신 사장님께서 내게 다시 음반을 준비해보자고 하셨다. 시간이 걸리더라도 '더 크로스' 앨범을 제작해보자는 사장님의 말에 팀 멤버도 한걸음에 달려왔다. 나는 병상에서 가사를 적어 시하에게 보냈고 그는 멜로디를 만들었다. 드디어 녹음 당일, 쉽지 않을 거라 예상은 했었지만 작업 첫날부터 난관에 부딪쳤다. 녹음실은 엘리베이터가 없는 지하 2층에 위치해 있었다. 아버지와 매니저, 녹음실 엔지니어들을 포함, 6명이 나를 들어 계단을 내려갔다. 전동 휠체어만 해도 무게가 엄청난데 내 몸무게까지 더해졌으니 굉장히 힘들었을 것이다. 우여곡절 끝에 녹음실 부스에 들어가 노래를 시작했다. 아버지가 배를 눌러주시면 매니저는 휠체어가 움직이지 않도록 뒤에서 막고 있어야 했다.

"기인. 하. 루. 가…"

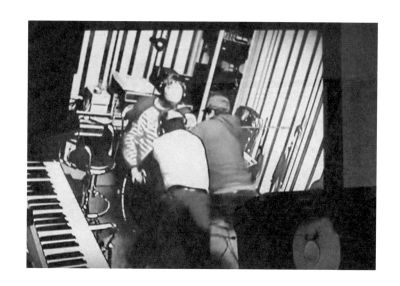

처음에는 소리가 잘 나오지 않아 가사 한 글자, 한 글자를 또박또박 찍듯이 불렀었다. 서너 글자만 불러도 어지럽고 힘이 들었다. 배를 누를수록 소리가 잘 나오긴 했지만 몸에 무리가 가니 계속 누를 수도 없었다. 그리고 중간에 냄새가 나서 소변이 샌 것을 알고는 있었지만 녹음을 멈출 수가 없었다. 기저귀를 했는데도 소변이 흘러 바지가 다 젖어 있었다. 6시간을 녹음해서 가사 한 줄이 완성되었다.

"감사합니다. 감사합…"

말을 이을 수가 없었다. 노래를 다시 부를 수 있다는 것, 또, 내 곁에 이런 동료들이 있다는 것이 믿을 수 없을 만큼 행복했다. 나를 지켜보던 사람들의 눈에 눈물이 맺혔다. 우리는 서로를 다독여 가며 작업을 이어 나갔다. 하지만 동료들의 배려에도 불구하고 내 몸은 나를 잘 따라주지 않았다. 평균적으로 가수들이 한 곡을 녹음하는 데 3시간 정도 걸리는데, 나는 1절이 완성되는 데에만 6개월이 걸렸다.

나중에 복부 압력기 1호가 제작되어 진행 속도가 나아지긴 했지만, 기계가 너무 무거웠고 기어 맞물리는 소리가 나서 녹음실에서 쓸 수가 없었다. 그래서 더 가볍고 소음도 적으면서 복압을 여러 방향으로 눌러주는 기계를 다시 만들었다. 녹음을 한 번 하면 2, 3일은 앓아누웠고, 몸에 무리가 가서 녹음실에 가는 횟수를 줄여야만 했다. 하지만 몸이 나아지면 바로 녹음실로 달려갔다. 그렇게 꼬박 1년이 걸려 완성한 곡이 바로 〈항해〉이다.

「종이로 만든 배처럼 작은 비구름마저 내겐 위험하지만 또 다시 파도에 춤춘다. 다시 세상이란 바다 위 파도에 춤을 춘다.
　내 곁에 늘 그대 있음에 파란 빛의 바다 위 나는 노를 젓는다, 파도와 춤을 춘다. 마치 봄이 온 첫날에 첫 번째 햇살이 하듯이. 얼어

붙은 나를 녹여 항상 배를 띄우게 해. 바로 그대란 사람. 또 하루 살아남는 이유』

'더 크로스'는

2015년 1월, 다시 희망의 돛을 올렸다.

앨범 녹음을 하던 중 〈스타킹〉이라는 TV 프로그램에서 출연 제의가 들어왔다. 물론 내게는 더없이 좋은 기회였지만 사람들 앞에 선다고 생각하니 두려워졌다.

「김혁건 전신 마비」

처음 사고가 났을 때 인터넷에 올라온 기사가 떠올랐다. 그때에는 생각도 못 했던 '전신 마비'라는 글을 보는 순간, 나는 아직 받아들이지 못했던 사실을 현실로 받아들여야만 했다. 자극적인 기사는 나를 더 아프게 만들었고, 가족들은 기사를 일일이 막으려고 노력했다. 나의 슬픔을 너무나도 편안하게 내뱉는 세상에게 받은 건 비참함뿐이었다. 그런 내가 다시 대중 앞에? … 용기가 나지 않았다.

그럼에도 나는 사람들과 소통하고 싶었다. 하지만… 두려웠다. 며칠을 고민 속에서 지내던 어느 날, 재활병원 침대에 누워 이런저런 생각을 하고 있는데 TV에서 노랫소리가 들렸다. 고개를 돌려보니 한 성악가의 행복한 얼굴이 보였다. 그 모습에 넋을 잃고 TV를 보다 깜짝 놀랐다. 누구보다 행복하게 노래하던 그는 휠체어에 앉아 있었다. 나는 그의 노래를 들으면서, 내가 노래를 부르는 것은 스스로의 행복과 소통을 위해서이지 누군가에게 보이고 싶어서가 아니었다는 것을 다시금 깨달았다. 용기를 내 방송에 출연하겠다고 연락을 했다.

촬영이 있던 방송국은 내가 가수로 데뷔했던, 첫 방송을 했던 곳이었다. 방송국에 도착하니 오래 전 이곳을 당당히 거닐던 과거가 떠올랐다. 하지만 내 명성은 사라졌고, 영광의 순간은 지나갔다. 갑자기 휠체어를 탄 내 모습이 초라하게 느껴졌다. 오랜만에 만난 동료들이 반가우면서도 두려웠다. 두려움은 스스로를 작아지게 만들었고 나는 한참을 멍하게 있다가 리허설 무대에 올랐다. 나오라는 노래는 나오지 않고 눈물만 흘러 내렸다. '내가 지금 뭐 하고 있는 거지?'

대기실로 돌아와 거울을 바라보았다. TV로 보았었던 성악가의 모습이 겹쳐 보였다. 이 소중한 순간들을 더 이상 헛되게 보낼 수는 없었다. 나는 사람들의 평가나 동정을 위해서가 아니라, 노래하기 위해 이곳에 왔다는 사실을 다시금 되새겼다. 숨을 크게 내쉬고 내가 진짜로 원하는 게 무엇인지 귀를 기울여보니 마음속 멀리서 무대 위로 나를 부르는 소리가 들렸다. 거울을 보니 이제 정말 준비가 된 것 같았다. 나는 누구보다 행복한 모습으로 대기실을 나섰다.

　무대에 올라 성악가 김동규 선생님과 〈10월의 어느 멋진 날에〉라는 노래를 함께 불렀다. 평소에 존경하던 분과 함께 노래를 하다니. 내겐 정말 큰 영광이었다. 그때는 옆에서 누군가 배를 눌러줘야만 노래를 할 수 있을 때여서, 호흡도 잘 맞지 많고 부족한 점도 많았을 텐데 많은 분들이 따뜻한 박수를 보내주셨다. 용기를 내 무대에 서기를 잘했다고 스스로를 칭찬하고 또 칭찬했다.

　이후 서울대 로봇융합연구센터에서 만들어준, 혼자서도 노래를 할 수 있는 자동화된 복식호흡 보조 로봇 장치와 함께 〈스타킹〉에 두 번 더 출연했다. 그로 인해 다른 방송과 강연, 공연도 할 수 있게 되었으니, 무대에 설 수 있게 도와주신 로봇융합연구센터 방영봉 교수님과 연구원 그리고 스타킹 스태프분들에게 감사의 인사를 드리고 싶다.

무대에 올라 사람들의 눈을 바라보면 긴장이 되면서도 짜릿한 흥분을 느낀다. 내 몸이 아파 와도 관객분들의 반짝이는 눈을 보면, 다시 힘이 나서 노래하게 되는 것 같다. 사고 이전에도 그랬지만 지금은 그 마음이 더 깊어졌다. 많은 분들에게 나의 방송을 보고 용기를 얻는다는 이야기를 듣는다. 그분들은 내가 노래를 할 수 있게 된 것을 자신의 일처럼 기뻐했고, 내가 노래를 부른다는 것은 자신들도 포기하지 않고 도전할 수 있다는 희망이라고 말한다. 아직 내 안에 두려움이 완전히 사라지지 않았지만 여러분들의 응원을 통해 그보다 더 큰 용기가 생긴 것 같다. 사랑하는 팬들에게 다시 노래하고 싶게 해주셔서, 또 매일매일을 살아갈 용기를 주셔서 감사하다는 이야기를 전하고 싶다.

앞으로도 나는 대중 앞에서 노래할 것이다.

누군가의 희망이라는 책임을 짊어지고.

넘칠수있어

한 공연 기획사에서 공연 제의가 들어왔다. 2시간 정도 진행되는 뮤지컬 형식의 콘서트인데, 이미 제작팀과 연출팀도 꾸려졌고, 나의 이야기에 관한 공연 기획이 이미 끝났으니 함께 공연을 만들어보자는 것이었다. 처음에는 믿음이 가지 않았다. 나는 휠체어를 타야 하고 몸도 불편해 노래 몇 곡을 하는 것조차 힘이 드는데 공연이라니. 혹시 나를 이용하려는 건 아닐까. "기회가 되면 다음에 같이 하면 좋겠습니다. 저희 소속사와 상의하세요"라는 말로 기획팀을 돌려보냈다. 하지만 공연 팀은 몇 번이나 병원까지 나를 더 찾아왔고, 대본과 공연 기획안을 보여주며 나를 설득했다. 나의 삶을 공연으로 만들고 싶다는 진심 어린 말에 닫혀 있던 마음이 열리기 시작했다. 늘 콘서트를 꿈꿔 왔지만, 긴 시간 노래를 하는 건 불가능하다고 생각했다. 하지만 왠지 이 사람들과 함께라면 해낼 수 있을 것만 같았다.

"배를 눌러 혈압을 높여주는 것이 일시적으로 도움이 될 수는 있지만, 하루 2회 6시간 이상 노래해야 하는 콘서트는 무리일 수 있습니다. 잦은 복부 압박은 장기 손상을 초래할 수 있고, 혈압이 과다하게 높아지면 뇌혈관 파열로 인해 응급 상태에 빠질 수도 있습니다. 그 상황이 무대 위에서 벌어진다면 손 쓸 시간도 없이 위험해집니다."

긴 시간 배를 눌러 가며 노래를 한다는 건 무모한 행동이었다. 모두들 이
성적으로 판단하라고 했지만 나는 노래를 부르다가 죽는 건 행복한 일이라
고 답했다. 부모님은 나의 결정을 믿어주셨고 나는 기쁜 마음으로 공연에 참
여하게 되었다.

공연은 2014년 12월 30일,
31일 이틀간 세종대학교 대양
홀에서 진행됐다. 대양홀은
2001년 Mnet 뮤직 페스티벌
록 솔로 부문 대상을 탔던 곳
이었다. 13년 만에 다시 이 무
대 위에 오른다는 게 신기하
고 기뻤지만, 그때의 나와 지
금의 내가 전혀 다른 모습이
라는 게 조금 서글프기도 했
다. 공연 당일, 무대 뒤에 숨어 객석을 바라보았는데 많은 관객분들의 설렘
이 멀리 무대 뒤까지 전달되는 것 같았다.

〈Don't Cry〉의 막이 오르고 나는 심호흡을 하며 무대에 섰다. 조명이 켜지자 나를 향한 관객들의 박수가 아주 오랫동안 이어졌다. 공연 시작부터 가슴이 벅차올랐다.

'더 크로스'로 데뷔해 가수로서 많은 사랑을 받았던 그 시절, 사고로 모든 일을 중단한 채 병원에서 칩거했던 시간들, 그리고 현재에 이르기까지, 우여곡절 많은 한 남자의 삶을 보면서 관객들은 울다가 웃다가 한탄도 하고 박수도 치며 긴 공연 시간을 함께해주셨다.

만일의 경우를 대비해 공연장 앞에 앰뷸런스가 대기하고 있었지만, 다행히도 큰 사고 없이 하루 2회, 이틀의 공연을 무사히 마칠 수 있었다.

넌 할 수 있어

"어느덧 마지막 노래입니다. 마지막까지 혁건이가 힘을 낼 수 있도록 따뜻한 박수 부탁드립니다."

커튼콜을 위해 모든 배우들과 함께 무대에 올랐다. 노래를 시작하자 관객분들이 다함께 노래를 불러주셨다. 나는 아마 그날을 평생 잊을 수 없을 것이다. 앞으로도 내게는 힘든 일이 많겠지만, 그보다 더 기쁘고 신나는 일이 가득할 거라는 생각이 든다. 알 수 없는 인생이라 아름답다고 했으니, 어쩌면 또 다른 나의 이야기 〈넌 할 수 있어〉를 공연으로 만들 수도 있지 않을까.

나는 다시 내일을 꿈꾸는 사람이 된 것 같다.

방송 출연이 잦아지면서 인터넷에 나의 기사나 방송 자료들이 올라왔다. 많은 분들이 기사를 보고 자신의 일처럼 안타까워하시며 격려를 해주셨고 나도 큰 힘을 받았었다. 하지만 응원의 댓글과 함께 악성 댓글도 올라오기 시작했다. 너무 아픈 말들이어서 옮겨 적기는 힘들지만, 나는 댓글에 큰 충격을 받았고 지금도 올라오는 악성 댓글에 괴로움은 계속 이어지고 있다. 언론에 이름이 오른 이상 댓글에서 자유로울 수는 없겠지만, 몸이 이렇다 보니 조금이라도 신경을 쓰게 되면 약에 의존해야 할 정도로 몸이 약해진다.

덮어 두었던 악성 댓글들을 훑어보다가 문득 나의 과거가 떠올랐다. 욱하는 성격 때문에 모진 말도 서슴지 않고 하던 그때, 나는 얼마나 많은 사람들에게 상처를 주었을까. 상처를 받고 나서야 그 마음을 알게 되었다는 것이 더 미안해졌다. 많이 늦었지만 사과를 전하고 싶어 전화기를 들었다. 사람들에게 미안하다고, 마음이 풀어지길 바란다고 전했다. 갑자기 무슨 사과냐며 황당해하는 친구도 있었고, 오래전 일이라 다 잊었다고 괜찮다고 하는 친구도 있었다. 모두와 웃으며 전화를 끊었지만 이상하게 마음이 더 무거워졌다. 혹시 이렇게 용서를 구하는 것도 나를 위한 것이 아닐까? 그럼, 나는 어떻게 행동해야 할까?

철없던 시절의 이기적인 모습과 거친 행동들은 부정할 수 없는 나의 과거다. 분명 내가 기억하는 일 말고도 무수히 많은 상처가 누군가의 가슴에 남아 있을 것이다. 내가 아는 그들은 지금의 나보다도 훨씬 좋은 사람들이었다. 하지만 그들이 바라는 것은 나의 어색한 사과가 아니었다. 그 시절의 나를 스스로 채찍질하여 더 이상 실수를 반복하지 않는 것. 그리고 과거를 반성하고 시간이 지나 우리가 다시 만나게 되었을 때 더 성숙한 사람이 되어 있는 것.

사람은 나이가 들면서, 많은 경험과 시간을 겪으며 조금씩 자신의 모습을 찾아간다. 어린 시절의 무모한 김혁건도, 지금의 김혁건도 모두 진실 된 '나'이다. 언젠가는 방송에 나와 눈물을 흘리던 내 모습이 가식이 아니라는 것을 사람들이 알아줄 것이라고 믿는다. 지금도 악성 댓글을 보면 심장이 내려앉는다. 한 마디 '말'의 무서움을 느끼며 나는 오늘도 스스로를 채찍질한다.

'나는 죽어서도 이런 고통을 받게 될까? 혹시 죽어서도 몸이 자유롭지 못하면 어떡하지? 그때에도 걸을 수 없으면…'

잠들기 전, 나는 네 알의 약을 먹는다. 얼굴을 긁지 못하기 때문에 가려움을 진정시켜주는 알레르기 약과 우울증 약, 진통제와 수면제. 약을 먹지 않으면 잠에 들기 어렵기 때문에 꼭 약을 챙겨 먹는다. 낮에는 공연이나 강연이 있을 때도 있고 학교에도 나가기 때문에 바쁘게 움직이지만, 밤이 오면 숨어 있던 상념들이 나를 끊임없이 괴롭힌다. 수면제를 먹어도 잠이 오지 않을 때도 많다. 일주일에 한 번 활동 보조 간병사님이 쉬실 때면, 연로한 부모님께 죄송스러워 침상에서 움직이지 않는다. 하지만 몸을 전혀 움직이지 못해 등이 뜨거워 부모님을 부르게 된다.

나중에 부모님이 안 계시면 어떡하지. 죽어서도 이 고통이 이어지면 어떡하지… 해결 방법도 없는 문제들이 항상 나를 무겁게 짓누른다.

이런 나를 보고 주변 사람들은 종교를 가지기를 권했지만, 순수하게 종교를 받아들일 준비가 되어 있지 않았기에 그냥 흘려듣곤 했다. 하지만 친구 용우의 지극정성이 나의 마음을 움직이게 했다. 나의 사고 소식에 놀라 한국으로 돌아온 그는 6개월 동안 한 주도 빠지지 않고 주일마다 누워 있던 나를 일으켜 휠체어에 앉히고 차에 태워 교회로 향했다. 그는 늘 나를 위해 눈물을 흘리며 기도했다.

처음에는 교회가 좋았다기보다는, 집에만 있는 게 답답하기도 하고 친구와 있는 게 즐거워 주일을 기다리곤 했었다. 하지만 나를 위해 진심으로 기도하는 친구를 보며 닫혀 있던 나의 마음이 열리기 시작했다. 친구의 소개로 우리 지역 예배를 책임지시는 순장님을 알게 되었다. 일 때문에 힘드실 텐데도 순장님은 매일 퇴근 후에 나를 찾아오셨다. 가만히 내 이야기를 들어주시고 내 아픔을 안아주시는 순장님을 보며 가슴이 뭉클해졌다. 이렇게 아름다운 두 사람이 믿는 하나님은 대체 어떤 분이실까. 나는 하나님을 만나고 싶어졌다.

　나에게 고통과 시련을 준 세상을 용서하고 마음의 평화를 찾는 건 쉽지 않은 일이었다. 하지만 믿고 의지할 수 있는 주님과의 만남은 내게 큰 힘이 되어주었다. 나는 항상 혼자라고 생각했지만 혼자가 아니었다. 하나님을 만나고 나의 삶은 더 충만해졌고, 내 안의 깊은 상처가 치유되는 것을 느꼈다. 1년 반 동안 순장님께 일대일 양육을 받으며 믿음이 허락하기를 기다렸다. 그리고 기다리고 기다리던 세례를 받게 되었다. 하얀 기운이 머리부터 내려와 아무 감각 없는 나의 가슴을 가득 채우는 느낌이 들면서 온몸이 뜨거워졌다. 그리고는 눈물이 하염없이 흘러내렸다.

　'두려워 말라 내가 너와 함께 함이니라'[11]

　　　　　　　　　　　　　　　　　　　넌 할 수 있어

절망에 빠진 인간에게도 구원의 거처는 있다고 했다. 아직 나의 상처와 장애를 다 이겨내지는 못했지만, 그분 안에서 쉼을 얻고 위안을 받는다. 그리고 내 안에 남아 있는 가슴의 분노와 절망, 상실감과 무기력함도 치유될 것이라고 믿는다. 이는 강요되지 않은 진정한 사랑 덕분일 것이다. 나는 물었었다. 왜 하필 나에게 이런 시련을 주셨냐고. 하지만 '왜 내가 아니어야 하는가'라는 물음이 되돌아왔다.

지금도 깊은 밤은 나를 찾아오지만, 나는 더 이상 '죽어서도 몸을 못 움직이면 어떡하지?'라는 걱정은 하지 않는다. 두려움의 힘으로 사는 사람은 자유를 찾을 수 없다.

이제 나는 나를 지배하던 슬픔으로부터 벗어나, 누구보다 더 많이 사랑하고 용서하며 또, 먼저 용서를 구하며 살아가기를 기도해본다.

힘든 일을 겪고 한 가지 깨달은 점은, 무엇이든 끝남과 동시에 새로운 시작도 찾아온다는 것이다. 사고 후 많은 분들이 내 곁을 떠났지만, 사고를 계기로 새로운 인연도 맺을 수 있었다. 모두가 소중한 인연이지만, 장애에 대한 인식을 바꿔준 두 사람을 만난 건 내겐 정말 큰 행운이었다. 이일세 선생님과 성빈이 형. 이 두 분은 장애가 있음에도 불구하고 주변 사람들에게 기쁨과 희망을 나눠주는 아주 특별한 분들이다.

30년이 넘도록 '불가능은 없다!'를 몸소 보여주고 계신 이일세 선생님은, 30여 년 전 사고로 인해 지체장애인이 되셨다. 사고 후 욕창과 방광의 염증, 기립성저혈압까지. 나의 상황과 너무도 닮은 그 시간을 선생님은 긍정의 힘으로 이겨내셨다고 했다. 당시의 나는 쳐다보는 시선이 두려워 바깥출입을 거의 하지 않던 상태였기에, 장애를 부끄러워하지 않고 늘 당당한 선생님을 마냥 부러워하곤 했었다. 선생님은 알면 알수록 놀라운 분이셨다. 장애에도 좌절하지 않고 하버드 케네디 스쿨[12]에 입학해, 최초로 케네디 스쿨 중앙 출입문을 자동문으로 개조시킨 주인공이 되셨고, 졸업장을 손에 쥐고 한국으로 돌아와서는 장애인에게 불합리했던 법이나 제도, 편의 시설의 개선을

관철시키기도 하셨다. 늘 에너지가 넘치고 다양한 활동을 하시는 선생님을 볼 때면, 장애가 결코 장애물이 아닌 것처럼 느껴졌다.

사회 재활 교육을 받을 때 사회복지사님이 같은 장애를 가진 사람들을 만나면 내게 많은 도움이 될 거라며 〈희망방송〉을 추천해주었다. 그곳은 장애인과 비장애인이 하나 되는 세상을 만드는 것을 목표로, 장애 인식 개선을 위한 프로그램 제작이나 소외된 곳을 찾아가는 콘서트, 소아암 어린이 돕기 사업 등의 활발한 활동을 하는 곳이었다. 그곳에서 유쾌 통쾌! 성빈이 형을 만났다. 형은 그 특유의 발랄함으로 주변의 공기까지 밝게 만들어주는 사람이었다. 병으로 척수 장애를 갖게 되었는데, 형의 아버님께서도 몸이 많이 편찮으시다고 했다. 힘든 내색 한 번 하지 않던 형이었기에 그런 사연이 있을 줄은 생각도 못 했었다. 하지만 형은 웃음을 잃지 않고 긍정적인 말들로 사람들에게 용기를 주곤 했었다.

"인생은 서바이벌이야. 우린 이겨낼 수 있어!"

형이 늘 내게 하는 말이다. 그 선한 미소를 보면 정말 모든 아픔을 이겨낼 수 있을 것만 같다. 형이 말한 서바이벌은 누군가를 밀쳐내고 나 혼자 살아남는 것과는 다른 것이다. 두려움에 맞설 수 있는 용기. 정신적인 치유는 다른 사람이 아닌 스스로 이겨내야 하는 것이다. 나를 이렇게 변화시킨 두 사람은 지금도 여전히 사람들에게 행복을 나눠주고 있다. 이제는 내 차례인 것 같다. 부족할 수도 있지만, 나의 용기와 나의 노래가 힘들어하는 누군가 에게 작은 힘이 되기를 바란다.

인생은 서바이벌이지만 '우리'는 이겨낼 수 있다.

넌 할 수 있어

사고 후 방송에 나가게 되면서, 기업이나 대학에서 강연 요청이 들어왔다. 노래 부를 때 외에는 사람들 앞에 서본 적이 별로 없었기에, 어떤 말을 어떻게 해야 할지 전혀 감이 잡히지 않았다. 나는 전문적으로 강연을 배운 사람도 아니고 사람들에게 어떤 가르침을 줄 수도 없으니, 그저 나의 삶을 있는 그대로 말해야겠다고 생각했다. 처음 사람들 앞에 섰을 때에는 어찌나 긴장이 되던지 식은땀에 목소리까지 떨렸던 것 같다. 하지만 나의 솔직한 고백을 진심으로 들어주는 사람들을 보면서 마음이 점점 편안해졌다. 나중에는 신이 나서 강연 대본에 없던 이야기까지 하느라 시간이 가는 줄도 몰랐었다.

언젠가 간호대학에 강연을 나간 적이 있었는데 강연 후, 한 예비 간호사분이 날 찾아오셨다. 덕분에 환자를 대하는 마음가짐이 달라진 것 같다는 그분의 말에 감사함과 동시에 책임감을 느꼈다. 나의 이야기가 누군가에게는 어떤 의미가 되고, 변화를 줄 수도 있다는 생각이 들었다. 병원 생활을 하면서 감사한 간호사도 많았지만, 쌀쌀맞고 환자의 마음을 더 아프게 만드는 간호사도 많았다. 하지만 그날 내가 만났던 분들은 분명 환자의 마음까지 안아줄 수 있는 간호사가 될 거라고 믿는다.

전신마비를 딛고 노래하는
가수 김혁건

강연을 하면서 느끼는 건, 강연의 완성도나 가르침보다는 청중과의 소통과 공감이 먼저라는 것이다. 나는 주변에서 흔히 볼 수 있는 아주 평범한 사람이다. 모든 것을 포기하고 싶어지는 순간을 이겨낸 이 평범한 사람의 이야기는, 누군가에게 큰 위로가 되기도 하고 절망에 빠진 사람에게는 희망을, 주저하는 사람에게 용기를 전하기도 한다. 이는 강연을 듣는 사람뿐 아니라 하는 사람에게도 마찬가지다.

대기업 H자동차의 신입사원 강연 때였다. 강연 중에 'Don't Cry' 음악이 나왔는데 사원분들이 노래를 모두 다 함께 따라 부르는 것이었다. 청소년기에 들었던 노래를 아직 잊지 않았다며, 많은 남성분들이 노래를 해주셨다. 'Don't Cry'가 남자들에게 더 인기가 있었다는 건 알았지만 강연장 가득 남자 목소리만 들려 모두 웃음이 터졌었다. 이제는 내가 부를 수 없게 된 내 노래를 많은 분들이 대신 불러주시던, 그때를 생각하면 지금도 가슴이 뭉클해진다.

강연가 김혁건.

강연가라는 호칭은 아직도 낯설고 쑥스럽지만, 그 호칭 덕분에 나는 나의 삶을 되돌아볼 수 있게 되었고, 더 신중한 삶을 살아갈 수 있게 된 것 같다. 누군가와 삶을 나누고 함께 눈물을 흘릴 수 있다는 건 참으로 값진 일이다.

"인생에서 가장 위대한 영광은 절대로 넘어지지 않는 것이 아니라, 넘어질 때마다 다시 일어서는 데 있습니다.[13] 우리는 할 수 있습니다."

늘 이 말을 마지막으로 강연을 마치곤 한다. 조금의 흔들림도 없이 나는 우리 모두가 무엇이든 해낼 수 있다고 믿는다. 스스로를 의심하지 않아도 된다.

You can do anything!

가수 김혁건 초청강연 "넌 할수 있어"
■일시 : 2015년 4월 24일(금) ■주관 : 취업지원센터 ■주최 : 간호과 ■장소 : 공산기념관 강당

병원에 있을 때 나의 가장 큰 즐거움은 햇볕을 쬐는 것이었다. 욕창 때문에 1년 넘게 엎드려 지내서 그런지 햇빛은 보고 또 봐도, 또 다시 보고 싶었다. 그런 내 마음을 아셨는지 아버지가 침대를 밀어 햇살이 환한 병원 복도에 날 데려다준 적이 있었다.

온몸이 행복으로 물들었다. 빛은 어두운 마음을 치유해주는 신비로운 능력이 있는 것 같다. 해마다 중랑천에는 벚꽃 축제가 열리는데 벚꽃나무들을 보고 있노라면 잠시지만 모든 시름을 잊게 된다. 그곳에서 공연을 하면 얼마나 좋을까?

장애인들을 위해 버스킹 공연을 하겠습니다.
봄을 만나러 오세요.

무턱대고 SNS에 공지를 올렸다. 음악을 좋아하고 즐기고 싶어 하는 장애인들이 많지만, 문화생활을 누리기도 쉽지 않고 갈 수 있는 장소도 별로 없다. 눈부신 봄날, 집에만 있기엔 하루가 너무 아깝지 않은가. 나는 봄과 음악을 그들에게 선물하고 싶어졌다. 큰 기대 없이 올린 공지였는데 생각보다 많은 분들이 공연을 보러 와주셨다. 많은 장애인 분들이 오셨는데, 인공호흡기를 끼고 침대차로 오신 분도 계셨다. 이제는 연예 기획사를 운영하는 한 팬의 회사 소속 가수 분들과 제자들도 찾아와 무료 공연을 해주었고, 한 팬분께서는 모두가 먹을 수 있을 만큼의 든든한 도시락도 선물해주셨다. 도시락을 나눠 먹으며 봄을 바라보았다. 갑작스럽게 나오게 된 거리였지만 이곳에는 삶의 낭만과 사람의 온기가 가득했다.

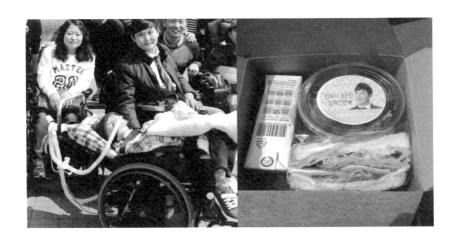

긴 겨울이 지나면 다시 봄이 온다.

그날이 오면, 나는 아마 봄을 만나고 싶은 분들을 위해 거리에 있을 것 같다. 우연이라도 거리에서 만나게 되면 우리, 누가 먼저랄 것 없이 밝게 인사를 나누었으면 좋겠다.

넌 할 수 있어

사고를 당하고 척수 손상이 얼마나 심각한 건지, 경추 장애가 어떤 것인지 알게 되기까지 나는 수많은 시행착오를 겪어야 했다. 사실 어디에도 장애인의 삶에 대한 매뉴얼은 없으니 자신이 직접 부딪혀 가며 익숙해지는 수밖에 없지만, 하루아침에 중도 장애인이 되면 모든 게 막막해진다.

경추 장애인이 된 나에게, 병원에서는 어깨 아래로는 아무런 감각도 없을 것이고 평생 팔다리를 쓰지 못할 거라는 말만 했었다. 척수 손상 환자가 가장 조심해야 할 것이 욕창이라는 사실도 모른 채 "담당 의사 선생님이 오실 때까지 기다리세요." 소변 줄이 막혀 혈압이 올라 죽을 것 같은데 "의사가 조치를 지시할 때까지 기다리세요"가 전부였다. 국내에는 아직 척수 손상 환자가 그렇게 많지 않아서인지는 몰라도 병원의 대응은 늘 한 박자 늦곤 했었다. 병원을 옮기고 좋은 의료진을 만나고 나서는 불신을 씻을 수 있었지만, 당시에는 병원에 있으면서 병을 더 얻은 것 같다는 생각만 했었다.

퇴원 후에도 우왕좌왕은 계속되었다. 지금도 저혈압으로 밥 먹을 때마다 음식을 씹는 것 자체가 매우 어지러워 고생한다. 음식을 뱉어내지 못하기 때문에 음식물이 목에 걸리기라도 하면 굉장히 위험해질 수도 있다. 또, 가래도 뱉을 수 없으니 가래를 삭혀주는 약을 먹거나 횡격막을 눌러 가래를 뱉어내야 하는데, 한번은 하루 종일 배를 눌러도 가래가 잘 나오지 않아 엄청 힘들었던 적도 있었다. 이제는 딱딱한 음식을 씹으면 어지럽다는 걸 알기 때문에 과일도 부드러운 것만 골라 먹는다. 대변도 마찬가지다. 경추 환자는 장이 운동을 하지 않기 때문에 대변이 돌덩어리처럼 딱딱하다. 그래서 물도 많이 마시고 요구르트도 먹고 대변이 묽어지는 약도 먹으며 신경을 써야 한다. 좌약을 넣고 녹기를 기다렸다가 옷 벗고 닦고 하면 1~2시간이 넘게 걸린다. 변을 바로 처리하지 않으면 세균이 들어가서 욕창이 생길 수도 있기 때문에 2~3일에 한 번씩 관장을 해서 억지로 대변을 뽑아내 바로 처리해야 한다. 또 외출했을 때 변이 나오면 큰일이기 때문에 중요한 일이 있을 때는 반드시 하루 전에 관장을 하는 것이 좋다.

이런 우여곡절을 겪고 나니, 나와 같은 고생을 누군가 똑같이 겪고 있진 않을까 걱정이 됐다. 경추 장애에 대한 정보를 공유하고 소통할 수 있는 공간이 필요했다. 그래서 만들게 된 것이 〈경추야 놀자〉라는 인터넷 카페다. 개설한 지 1년 만에 250명이 넘는 분들이 가입하셨고, 지금도 활발하게 운영되고 있는 이곳은 경추 장애인들에겐 꼭 필요한 곳이다.

카페에는 수술이나 재활에 관한 이야기 말고도, 집에서만 있으려니 심심해 죽겠다, 요즘 드라마는 뭐가 재미있느냐, 일은 하고 싶은데 아무 곳에서도 안 받아준다, 등의 일상 글도 많이 올라온다. 어떤 회원 분은 간신히 일자리를 얻었는데 주차장에서 "장애인 자리에 주차하지 마세요!"를 외치는, 목소리로만 하는 일이라고 하셨다. 부럽기도 하고 서글프기도 하다는 댓글이 많이 달렸다. 우리는 아픔에 대해 공유하고 위로하면서, 재치 있는 농담으로 고된 하루를 쉬어 가면서 서로에게 큰 힘이 되어주었다.

얼마 전에는 5살 아이를 둔 어머니께서 가입을 하셨는데, 아이가 경추 1번과 2번을 다쳐 지금은 목에 구멍을 뚫어 인공호흡기에 의지하고 있다고 했다. '아이가 언제쯤 나을 수 있을까요…?'라는 아이 어머니의 물음에 가슴이 먹먹해져 답글을 쓸 수가 없었다. 항상 솔직한 글만 썼는데, 그 글에서 자꾸 내 어머니의 모습이 보여 사실대로 말하기가 어려웠다. 아직 아이가 어리니까 좋아질 거라는 글을 쓰며 아이가 회복되기를 기도했다.

그렇게 어린 나이에 장애를 가지게 되어 세상을 누리지 못한 아이들에게 희망을 전달하기 위해 카페 회원들과 매달 작은 금액이지만 정기 후원금을 모으고 있다. 자신들도 장애를 가지고 있지만 더 어려운 사람을 돕겠다는 마음으로 동참하는 우리 회원님들이 자랑스럽다.

넌 할 수 있어

그렇게 모인 성금으로 지난 크리스마스에는 세브란스 병원에 있는 장애아동을 찾아가 자그마한 선물을 전달했다.

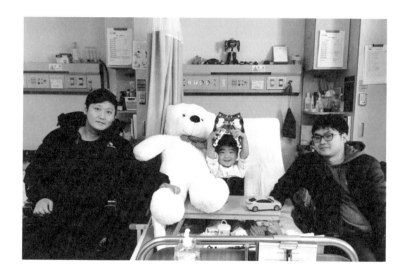

잠시라도 행복해하는 아이를 보며 우리도 행복했다. 올해 크리스마스에도 천진난만한 아이들의 웃음을 보러 갈 생각이다.

또, 작년에는 두 번의 오프라인 모임을 가졌었다. 막상 모임을 가지려니 휠체어를 타는 회원들을 위한 장소부터 고심을 해야 했다. 운영자의 노력으로 식당도 크고 장애인 화장실도 있고, 경사로도 잘되어 있는 곳을 찾았지만 다들 컨디션 조절이 어려워 오랜 시간 함께하기는 힘들었다. 국립 현대 미술

관과 국립 박물관에서 모임을 가졌었는데, 밥을 먹고 간단한 관람 후에 바로 집으로 돌아가야 했다. 짧은 만남이었지만 다음이 있다는 것을 알기에 모두 웃으며 헤어졌다.

누구한테도 말할 수 없는 이야기를 털어놓을 수 있고, 두려운 길을 함께 걸어갈 수 있는 친구가 있다는 건 큰 행운이다. 아픈 세상이지만 〈경추야 놀자〉라는 이름처럼 모두가 인생을 즐기기를 바란다.

올해가 가기 전에 또 만나요.
경추의, 경추에 의한, 경추를 위한, 경추야 놀자!

"혁건아. 대학원 복학하는 게 어때?"

놀란 나를 보며 아버지는 "남은 학기는 마쳐야지"라며 웃으셨다. 솔직히 처음에는 농담인 줄 알았었다. 이 몸으로 학교를? 통학은 어떻게 하며, 손도 못 쓰는데 리포트에 시험, 논문은? …고개를 저었다. 아무리 생각해도 불가능한 일이었다.

사고 이후로는 공부를 해야겠다는 생각은 해본 적이 없었다. 강의를 나가기 위해 대학원을 마쳐야 하는 건 맞았지만, 몸이 편치 않으니 학위는 포기한 상태였다. 하지만 아버지께서 당신의 능력을 발휘하기 시작했다. 잊을 만하면 대학원 이야기를 꺼내시고, 잊을 만하면 설득하고, 잊을 만하면 나를 치켜세우더니, 은근슬쩍 나의 마음을 돌렸다. 아버지는 '할 수 없다'라는 마침표를 물음표로 바꾸시더니, 어느새 '할 수 있다'에 느낌표까지 붙여주셨다. 느낌표를 받은 나는 2016년 봄, 대학원에 복학했다.

예상은 했었지만 어느 하나 쉬운 일이 없었다. 학교 측에서는 장애인 학생이 있는 학부라면 몰라도, 대학원에는 장애 학생 사례가 없기 때문에 서로 다른 부서로 떠넘기기 바빴다. 답답한 마음에 장애인인권센터를 찾았더니, 장애인 학생이 지원을 받을 수 있는 항목이 생각보다 많았었다. 수강신청도 도움을 받을 수 있었고, 대체 과제로 시험을 치를 수도 있었다. 학교로 돌아가 이런 제도가 있다고 자료를 보여주니 그제야 나의 요구를 받아들여주었다.

어쩌다 보니 내가 학교의 첫 번째 장애인 대학원생이 되어 있었다. 처음은 늘 힘들기 마련이라 첫 번째는 피하고 싶었지만, 나 이후의 누군가에게 반드시 도움이 될 것이라 믿고 더 당당하게 나의 권리를 요구해야겠다고 결심했다. 나 스스로 알아보고 방법을 찾지 않으면 아무도 귀 기울여주지 않으니 더 악착같이 공부한다.

굳은 의지를 가지고 강의를 듣기 시작했지만, 유학파나 명문대 출신들이 많다 보니 그들의 화려한 스펙에 위축되었고 자꾸만 내 자신이 초라해 보였다. 사람들이 나를 쳐다보는 게 불편해 토론 시간에도 말 한 마디 못 했고, 내게 잘해주는 사람들의 친절이 지나치게 느껴졌다. 게다가 오랜만에 들여다본 전공 책이나 참고문헌은 처음 본 책처럼 낯설었다. 누군가 옆에서 책을 한 장, 한 장 넘겨줘야 했기에 혼자서는 책도 읽을 수 없었다.[14] e북으로는 나오지 않은 책이 대부분이었고, 음성 지원이 되는 전공 서적은 한 권밖에 없었다. 수업 시간이 길어지면 혈압이 떨어져 어지러워 다리를 높게 올려 두고 싶었지만, 건방져 보일수도 있다는 걱정에 그렇게 하지 못했다. 영어로 진행되는 수업은 왜 그렇게 많은지… 이해하려다가 수업이 끝나는 경우가 대부분이었다. '할 수 있다!'의 느낌표가 다시 물음표로 바뀌고 있었다.

포기할까…

머릿속을 맴도는 그 말에 화가 났다. 처음의 그 굳은 의지는 대체 어디로 간 걸까. 여기까지 오는 길이 얼마나 멀고 험했는데 겨우 이 정도에 '포기'라는 단어를 떠올리다니. 두려움과 공포는 한 순간에 깨 버려야 한다! 나는 마치 딴 사람이 된 것처럼 누구보다 열심히, 쉬지 않고 악착같이 공부하고 토론에 참여했다. 옆 사람에게 책을 넘겨주기를 부탁했고, 집에 와서도 책을 놓지 않았다. 잠을 포기하고 영어를 배웠고, 논문 시험을 통과했다. 부끄러움을 당당함으로 바꿨더니 꿔다 놓은 보릿자루가 어느새 모두에게 인정받는 사람으로 변해 있었다.

처음에는 불가능한 일이라고 고개부터 저었는데 막상 이렇게 부딪혀보니 왜 무조건 안 된다고 단정 지었는지 모르겠다. 주눅 들어 포기하고 싶은 순간도 있었지만 그 순간을 이겨내고 나니, 그때의 괴로움이 아주 작게 느껴진다. 경험이라는 것은 늘 나를 더 강하게 만들어주는 것 같다. 아직 내게는 학위논문이라는 큰 과제가 남아 있다. 이제 아버지가 가지고 계신 능력을 나 스스로 발휘해야 한다.

'할 수 없다.'의 마침표를 물음표로,
그리고 '할 수 있다'에 느낌표까지!

"희망을 보여줘서 고마워요."

방송에 몇 번 나가서인지 외출을 하면 나를 알아보시는 분들을 만나는 경우가 종종 있다. 악수도 하고 같이 사진을 찍기도 하는데, 헤어질 때면 늘 내게 용기를 주시거나 희망을 줘서 고맙다는 인사를 해주신다.

아니에요.
제가 더 감사해요.

많은 장애인분들이 나를 보며 가수의 꿈을 키운다고 하시는데 그 말을 들으면 번쩍하고 정신이 든다. 지금도 가끔 포기하고 싶은 순간들이 있는데, 나를 보며 꿈을 키운다는 말을 떠올리면 정신을 차리지 않을 수가 없다. 내가 강의를 나가는 대학에 올해 43살 신입생이 입학했다는 이야기를 들었다. 적지 않은 나이에 조금 놀랐었는데 경추 장애인이라는 사실에 한 번 더 놀랐고 그 용기에 반하지 않을 수가 없었다. 자신이 무엇을 할 때 가장 행복한지 아는 사람이 세상에 얼마나 많이 있을까? 적어도 그분은 행복의 의미를 알고 계신 것 같다.

　몇 년 전 장애인 음악교실에서 노래 지도를 한 적이 있었는데, 그때의 나는 노래 '지도'를 하려고 꽤나 애를 쓰곤 했었다. 실용음악 학원에서 학생들을 가르치던 것처럼 노래를 잘할 수 있도록 도와줘야 한다는 생각에, 냉정한 말로 자극을 주기도 하고 훈련을 반복하기도 했었다. 하지만 그분들은 노래한다는 것 자체가 행복이지, 유명한 가수가 되거나 실력을 월등히 높이기 위해 음악교실을 찾은 것이 아니었다. 노래를 부르고, 누군가와 음악을 나누고 싶어 하는 그분들의 순수한 열정은 나를 부끄럽게 만들었고, 내가 노래하는 이유를 다시 일깨워주셨다.

　얼마 전에는 나의 팬이라며, 내게 늘 용기를 얻는다는 분의 개인 SNS에 들렀다가 놀란 적이 있었다. 나보다 더 심각한 중증 장애인이셨는데, 얼굴에 주먹보다 큰 산소 호흡기를 하고 병상에 누워 계셨다. 그런데 그분이 올린 사진과 영상은 아픔이 아닌, 행복으로 가득 차 있었다. 일상의 기쁨을 사진과 영상으로 남기신다는 그분은 언제든, 어디서든 밝게 웃고 계셨다. 주변의 식구들과 지인들도 장난기 가득한 얼굴이었고, 사진을 보는 나도 어느새 미소를 짓고 있었다. 언젠가 나는 나의 장애가 가장 심각하다고 생각한 적이 있었다. 어깨 아래로는 움직일 수 없으니 하루하루가 의미 없는 생명 연장일 뿐이라고 좌절한 적도 있었다. 하지만 영상으로 만난 그분은 자신의 생일에 어머니를 위한 깜짝 케이크와 상장을 준비하고, 주변 사람에게 늘 진심으로 사랑을 고백하는, 자신에게 주어진 일상의 기쁨과 감사함을 나누는 사람이었다.

어떻게 하면 절망적인 상황에서 삶의 여유를 찾을 수 있는 걸까. 우울함에 빠져 사소한 일에도 예민하게 굴던 과거의 내가 떠오른다. 스스로를 돌아볼 수 있게 해주는 분들을 만날 수 있다는 건 큰 축복이다.

많은 분들이 나를 보고 희망을 가진다고 하지만, 오히려 내가 더 큰 희망과 용기를 받곤 한다. 내게 고맙다는 인사를 해주시는 분들, 음악교실 수강생분들, 43살 신입생분, 늘 밝은 영상 속의 그분, 그리고 자신이 할 수 있는 무언가를 이루기 위해 노력하는 모든 분들.

나의 희망은 바로 그분들이다.

길거리 곳곳에 숨어 있는 위험들, 바뀌지 않는 불편함, 장애인들에게 집 밖의 세상은 몇 번 경험한다고 해서 절대 쉽게 익숙해질 수 없는 곳이다. 온통 지뢰밭과 다름없는 세상과의 만남은 험난한 도전과 같다. 엄연한 사회의 구성원이 사회에 속하지 못하고 소외되는 이유는 무엇일까?

내가 한번 움직이게 되면 주위의 많은 분들이 신경을 써야 하고 고생을 해야 한다. 나 때문에 괜한 고생을 하는 분들을 보면 혹시 내가 이기적인 건 아닐까 하는 생각이 들곤 한다. 녹음을 할 때도 많은 사람들이 나를 옮기느라 고생을 해야 했고, 방송국 대기실에 환자용 침대도 필요했고, 무대에는 없던 경사로까지 만들어야 했다. 어디를 가든 사람들의 도움을 일일이 받아야 하는데, 이렇게까지 하면서 굳이, 밖으로 나가야 하는 걸까… 수백 번 수천 번은 더 생각했던 것 같다.

예전에 강의를 하러 갔다가 계단 때문에 강의실에 올라갈 수가 없어 학생들의 도움을 받은 적이 있었다. 강의를 하러 가는 것이 오히려 민폐인 것 같아서 다른 강사분께 강의를 넘기고 그만두었다. 한번은 머리를 깎기 위해 미용실에 갔는데 사람이 많으니 나중에 오라고 하셨다. 기다리겠다고 하자 자리가 비좁아 안 된다며 문을 닫으셨다. 계단이 있는 곳은 들어갈 수가 없으니 이용할 수 있는 미용실을 찾기도 힘들었다. 긴 준비를 끝내고 힘겹게 나왔는데, 허탈하게 집으로 돌아와야만 했다.

외출을 위해서 꼭 필요한 것이 '교통수단'인데 이것도 만만치가 않다. 지방에 공연이나 강연이 있으면 아버지가 운전을 해주시지만, 평소에는 장애인 콜택시[15]를 이용해야 한다. 전동 휠체어를 타는 사람은 일반 택시는 탈 수가 없고 버스 이용도 힘들다. 나처럼 지하철이 집에서 멀면 이동할 수 있는 수단이 거의 없다. 서울에만 500대가 넘는 장애인 콜택시가 있지만 대기자가 많아 몇 시간 전의 예약으로는 이용하기 힘든 경우가 대부분이고, 저녁에는 이용할 수 있는 콜택시도 거의 없다. 언젠가 병원에 갔다가 6시간을 넘게 기다려도 콜택시가 오지 않아 난감했던 적이 한두 번이 아니다. 나처럼 욕창과 대소변 문제로 오래 앉아 있을 수 없는 사람은, 택시가 늦어지면 급한 상황이 찾아오기도 한다.

그렇다보니 사설 앰뷸런스를 이용하는 경우도 있는데, 저렴한 장애인 콜택시와 달리 앰뷸런스는 요금도 만만치가 않고, 침대도 작아 위험하다. 하지만 달리 방법이 없으니 눈물을 머금고 이용할 수밖에 없다. 우리나라에도 나 같은 중증 장애인이 운전할 수 있는 차가 있으면 좋겠다. 자유롭게 이동할 수만 있어도 삶의 질이 훨씬 좋아질 텐데.

"이렇게 사람이 많은데 왜 휠체어를 타고 엘리베이터를 타!"

엘리베이터를 탔는데, 휠체어가 끼여 문이 닫히지 않자 누군가 내게 소리를 질렀다. 아무 말도 하지 못하고 조용히 내린 것도, 그곳이 병원이라는 사실도 씁쓸해졌다. 아직도 세상은 장애인들에겐 차갑기만 하다. 준비운동을 해도 차가운 물속으로 들어가는 건 두렵고 무서운 일이다. 하지만 먹고 싶은 것을 먹을 수 있는 권리가 누구에게나 있는 것처럼, 장애인들도 조용한 카페에 앉아 음료도 마시고, 맛집도 가고, 재미있는 영화나 공연도 볼 수 있어야 한다. 몸도 자유롭지 못한데 사회 활동이나 경제 활동까지 못 하고 집에서 혼자서 TV와 인터넷만 보며 혼자 지내야 한다는 건 너무 잔인한 일이다. 꿈도 희망도 없이 단지 안전하다는 이유로 사람에 대한 그리움과 외로움을 견디며 독방에 홀로 갇혀 살고 싶은 사람은 아무도 없을 것이다. 평생 아무도 찾아오지 않는 방 안에 누워서 아무런 꿈도 생각도 없이 지내는 게 나은지, 아니면 힘들어도 사회에 나가서 각자의 할 일을 찾아서 하는 게 나을지…

우리는 모두 세상에 의미가 있는 사람들이다. 세상에 태어나 각자의 삶을 각자의 방식으로 살아갈 권리와 의무가 있다. 아직도 외출은 두려운 일이지만 용기를 내본다. 주변 분들에 대한 미안함은 감사함으로 바꿔 내가 할 수 있는 일들로 사회에 조금이라도 기여하며 갚아 나가려 한다. 나는 모든 사람들이 자유를 느끼며 살아가기를 바란다. 세상의 지뢰밭을 무사히 통과하고 나면 분명 그 기쁨이 몇 배가 되어 돌아올 것이다. 자유롭게 가고 싶은 곳에 가고, 돌아올 수 있다는 건 얼마나 큰 행복인가!

휠체어를 탄 장애인들을 거리에서 만나는 일은 흔치 않다. 길거리 혹은 버스나 지하철에서 그들을 보게 된다면 한 번쯤은 그들의 입장에서 생각해봐주었으면 좋겠다. 높디높은 세상의 문턱은 우리 스스로 넘어볼 테니, 배려를 핑계로 더 이상 우리를 집으로 돌려보내는 일이 일어나지 않기를.

연필수있어

어느 장애협회에서 강연 섭외가 들어왔는데 강연료로 7만 원을 주시겠다고 하셨다. 아무래도 힘들 것 같다고 하니 내 얼굴을 가만히 들여다보며 "거만하시네요"라고 하셨다. 좋은 취지의 무대라면 대부분 거절하지 않고 가는 편이지만, 모든 섭외에 무조건 응하는 건 불가능한 일이다. 함께 공연하는 소프라노 분의 출연료에 이동 경비, 식대까지… 비용도 비용이지만 시간과 수고도 만만치 않고 내 몸도 돌봐야 하는데, 대뜸 출연료 흥정부터 하시는 분들을 만나게 되면 기분이 좋지만은 않다.

언젠가 지방 공연 섭외가 들어왔었는데 밤 10시쯤 끝나는 공연이었다. 이동 수단이 없어 못 갈 것 같다고 했더니, 장애인 콜택시 불러 기차역으로 가서 기차를 타거나 내려서 지하철 타고 오면 되는데 뭘 그렇게 까다롭게 구냐고 하셨다. 공연 영상을 함부로 쓰지 말아달라고 부탁을 하면 "비싸게 구네"라는 말이 돌아오고, "장애인이니깐 저렴한 출연료에도 와야 하는 거 아니에요?", "방송 몇 번 탔다고 잘났다는 거예요?" …어떻게 말을 그렇게 할 수가 있을까?

전동 휠체어를 타는 나를 보고 사람들은 내가 팔을 움직일 수 있을 거라고 생각한다. 조이스틱을 손가락 사이에 끼워 조종할 수는 있지만 내 힘으로 수동 휠체어를 미는 건 불가능하다. 내가 휠체어에 한번 앉기까지 얼마나 많은 시간이 걸리는지, 얼마나 많은 준비를 해야 하는지를 알아달라는 것은 아니다. 하지만 어떤 일이든 노력과 시간에 대한 가치를 인정해주어야 한다는 것이다. 인정의 대가는 돈이 될 수도 있지만, 감사한 마음이나 위로, 믿음이 될 수도 있다. 일에 대한 대가를 받는 것은 이 사회를 살아가는 모든 이의 당연한 권리이다. 상대가 장애인이든 아니든 서로 정중하게 행동해야 한다는 건 굳이 말하지 않아도 우리 모두가 이미 알고 있는 사실이다.

기부라는 것은 누구에게도 강요할 수 없고, 강압적이어도 안 되는 것인데 '재능기부'라는 명목하에 일어나는 강제적 행동들을 보게 되면 모든 게 허무해진다. 나는 용기가 필요한 사람을 위해, 희망을 위해 노래를 부르는 것이지, 누군가의 권위나 주머니를 채우기 위해 노래하는 것이 아니다. 이런 나를 공감하거나 배려해주지 않아도 되지만, 상처는 이제 그만 받고 싶다. 내가 바라는 것은, 그저 내가 받은 사랑을 노래로 보답하는 것뿐이다.

넌 할수있어

병원에서 만난 동생은 부모님이 안 계셔서 간병인의 도움을 받고 있었다. 그 간병인은 간병인이라는 말이 전혀 어울리지 않는 사람이었다. 병실에 있는 게 답답한 건 알지만 그분은 환자 옆에 있지 않은 경우가 대부분이었고, 환자 식사인데도 자신이 먼저 먹고 남은 밥을 동생에게 먹였다. 걸핏하면 머리를 치고 말도 함부로 해서 그 모습을 본 병실 사람들과 마찰도 많았다. 중증 장애인들은 24시간 간병인이 필요하지만, 자격 요건이 까다롭기 때문에 제도적 혜택을 받는 것은 쉬운 일이 아니다. 그런 상황에서도 동생은 늘 긍정적이었고, 나는 그런 동생이 안쓰러우면서도 그의 선함과 평온함이 부러웠다.

...

"그래도 혁건이 너는 앞이 보이잖아."

친한 형의 말을 듣고 의아해졌다. "에이~ 형은 걸을 수 있잖아요." 내 말에 "눈은 멀쩡한데 평생 누워서만 지내야 하는 삶과, 걸을 수는 있지만 앞이 보이지 않는 삶 중 어떤 삶이 더 나은 삶일까?"라며 장난스럽게 형이 질문을 던졌다.

...

어느 복지관에 들렀던 적이 있었다. 중증 근육장애 때문에 몸이 꼬여서 강직되어 휠체어에 앉지 못하는 분도 계셨고 일상생활을 전혀 할 수 없는, 말씀도 잘 하지 못하시는 분도 계셨다. 그분들은 휠체어에 앉은, 노래를 부르는 나를 보며 부럽다고 말씀하셨다.

...

나는 손을 쓸 수 있는 분들을 늘 부러워했었다. 손을 사용할 수 있다면 내 힘으로 앉을 수도 있고, 침대에도 누울 수 있으니 힘들더라도 혼자 사는 것도 가능하지 않을까. 사고가 나고, 나는 내가 세상에서 가장 힘들다고 생각했다. 물론 그 전에도 사소한 일들로 힘들어하고 괴로워하기도 했었다. 누구나 그런 것처럼 우린, 자신이 힘들 때가 가장 힘들다. 누군가는 가족관계 때문에 또 다른 누군가는 돈 때문에, 취직이나 연애, 시험 건강… 다른 사람의 암 선고보다 나의 감기가 더 아프다고 말한다. 걸을 수 없는 것도, 눈이 보이지 않는 것도, 보호자가 없는 것도… 모두 똑같이 힘든 일이다.

　뉴욕시의 장애인 마크[16]가 변경되었다. 얼핏 보면 큰 변화가 아닌 것처럼 보일 수도 있지만, 누군가가 밀어주지 않으면 아무것도 할 수 없을 것 같은 수동적인 모습(그림의 왼쪽)과 의지를 가지고 앞으로 나아가려는 능동적인 모습(그림의 오른쪽)은 굉장한 차이가 있다. 살아간다는 건 아픔을 견디고 스스로 이겨내는 것이다. 견디고 이겨내다 보면 내 안에 어떤 힘이 생기게 되고, 그 힘은 분명 오늘을 어제보다 나은 하루로 만들어준다. 우리에게 중요한 건 무엇이 얼마나 힘드냐가 아니라 내가 지금 살아 있고, 삶을 경험하고 있다는 것이다. 그동안 내가 가지지 못한 것만 생각하느라 가지고 있는 것을 깨닫지 못했지만, 이제는 무엇을 가지고 있는지 안다.

지금 이 순간

우리는 모두 '현재'를 가지고 있고, 지금 이 순간에 살아 있다. 이제 아픈 과거를 되새기거나 힘든 미래를 걱정하는 건 잠시 접어 두자. 미래의 내가 현재의 나를 미워하지 않도록.

형의 아들, 조카 민석이는 우리 가족의 보석이다. 아이가 있으면 어디든 밝은 에너지가 가득해지는 것 같다. 이 귀여운 악동은 늘 우리에게 웃음을 전해주지만 한시도 가만히 있지 않아 모두가 뒤를 졸졸 따라 다녀야 한다. 악동 옆에서 점잖게 앉아 있는 또 다른 보석 서진이는 내가 TV에 나온 걸 보고 펑펑 울었다고 한다. 외삼촌 노래가 최고라며 늘 내 노래를 따라 부르는 서진이를 보면 세상을 다 가진 것 같은 기분이 든다. 내 방에는 누나가 보내준 택배 상자가 가득 쌓여 있다. 옷에 관심 없는 동생을 위해 옷은 기본이고 신발, 넥타이에 갈비며 스테이크, 백숙에 곰탕까지… 주는 것 하나 없는 동생인데도 누나는 할 수 있는 모든 걸 내게 전해주려 한다.

어릴 때 형과 누나는 나의 영웅이었다. 또래보다 체구가 작아 책가방을 버거워하는 나를 위해 형은 늘 가방을 들어주었고, 좋은 영화를 추천해주고 음악도 나눠주었다. 성인이 되어서는 술친구가 되어주었고 지금은 주말마다 보석들을 데리고 와 우리 집을 빛으로 가득 채워준다. 누나는 우리 동네 유명한 골목대장이었는데, 형보다 한 살 어린데도 형이 어디서 지고 들어오면 즉시 출동이었다. 초등학생 때는 나를 유모차에 태워 데리고 다녔고, 청소년이 되어서도 누나는 친구들 만나는 곳에 나를 데려가 떡볶이를 함께 먹곤 했었다.

그런 나를 보고 누나 친구들은 '너 누나 boy냐?'하고 놀리곤 했었다. 시간 이 지나면서 역할은 자연스럽게 바뀌었고, 훌쩍 커 버린 나는 누나를 지킨다 며 늦은 밤엔 누나를 데리러 가고, 기분이 안 좋아 보이면 야경을 보러 가거 나 경치 좋은 어딘가로 떠나 누나의 기분을 풀어주곤 했었다. 사이좋은 우 리 남매를 보며 부모님은 뿌듯해하며 기뻐하셨고 넘치는 사랑에 우리 집은 늘 웃음이 끊이지 않았다.

그렇게 단란하고 행복한 일상에 익숙해져 있던 2012년, 우리 가족은 나의 사고로 폭격을 맞은 것처럼 처참히 무너졌었다. 산에 버려 달라고 오열하는 나와, 이를 악물고 울음을 참으시는 아버지. 나를 이렇게 만든 사람을 가만 두지 않겠다고 울부짖던 형… 어머니는 정신이 혼미해질 정도로 눈물을 흘 리셨고, 누나는 찢어지는 아픔을 감추고 나를 보살펴주었다.
…

"날씨 좋네. 막걸리 한잔만 하면 기가 막히겠다."

나른한 일요일 오후. 아버지는 내 눈치를 살피시며 막걸리를 찾으신다. 조카 뒤를 따라다니느라 바쁜 어머니와 웃으며 TV를 보는 형, 말없이 아버지에게 막걸리 한 잔을 건네는 매형과 누나. 세월이 약이라더니 우리 가족은 각자의 방식대로 슬픔을 이겨낸 것 같다. 이제 내 인생의 목표는 하나밖에 없다. 가족들과 함께 행복하게 사는 것. 사고를 당하고 희미해져 가는 의식 속에서 생명의 끈을 놓지 않았던 것도, 사고 후 깊은 절망에서 다시 일어설 수 있었던 것도 가족이 있었기에 가능한 일이었다. 사랑하는 이들과 소소한 즐거움을 나누며 하루를 보내는 것이 이렇게 행복한 일인지 예전에는 미처 몰랐었다. 살다 보면 상상 이상의 어려움을 만날 수도 있고 좌절하게 될 수도 있지만, 이제 나는 두렵지 않다.

　나는 앞으로도 많은 것들을 해내야만 한다.
　사랑하는 사람들과 함께 하는 평범한 일상을 지키기 위해. 그리고 가장 아름답고 소중한 하루를 살기 위해

나는 매일 아침 눈을 뜨면 이 글을 읽고 하루를 시작한다.

1. 가족에게 사랑한다고 자주자주 말하기

2. 부모님 건강 적극적으로 챙기기

3. 아프고 힘들다고 짜증내지 말기

4. 부모님 모시고 할아버지 산소도 가고 여행 가기

5. 친구들에게 사랑받은 만큼 베풀기

6. 내가 없어도 영원히 남을 좋은 노래 만들기

7. 〈돈 크라이〉보다 더 사랑받는 신곡 만들기

8. 항상 행복하다고 생각하며 웃고 매일 음악을 즐기기

9. 부모님과 공원 가기, 그리고 영화 보기

10. 매일 일하는 엄마 피곤하지 않게 챙겨드리기

우리는 언젠가 부모님 혹은 사랑하는 사람들과 떨어지게 될 것이다. 지금 하지 않으면 후회할 일들은, 지금 당장 하는 것이 맞다. 만약 내가 다치지 않았다면 지금 느끼는 삶의 의미를 깨닫지는 못했을 수도 있다. 나는 이 책이 그저 장애를 극복한 누군가의 이야기로 끝나지 않았으면 한다. 행복과 사랑의 진정한 가치와 삶의 소중함, 그리고 자신의 꿈과 행복을 다시 발견하는 시간이 되기를.

　나는 걸을 수 없지만,

　그보다 살아있는 지금이 얼마나 소중하고 감사한지에 대해 이야기하고 싶다. 이 마음은 앞으로도 변하지 않을 것이다. 기적은 늘 내 안에서 일어난다. 혹여 깊은 절망에 빠지더라도 희망의 끈을 놓지 않기를 바란다. 당신의 기적은 이미 당신 안에 있다.

　넌 할 수 있어

...

긴 글을 읽어주신 모두에게 깊은 감사의 인사를 전하며

1) p2p - peer to peer

　인터넷에서 개인과 개인이 직접 연결되어 파일을 공유하는 것을 이야기한다.

2)

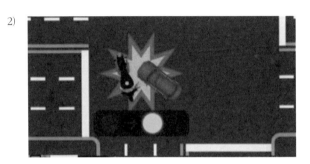

　녹색 불에서 황색 불로 바뀌는 도중 교차로를 직진으로 통과하던 오토
바이와, 좌회전 신호가 아직 들어오지 않은 황색 신호에 예측 출발하던
차량과의 사고 / 2012년 03월 26일 홍릉사거리

3) 욕창(sure sore) - 한 자세로
　계속 앉아 있거나, 누워 있을 때
　신체의 부위에 지속적으로 압
　력이 가해지고, 그 부위에 순환
　의 장애가 일어나 그 부분의 피
　하조직 손상(궤양)이 유발된 상
　태. 이러한 증상의 공통적인 원

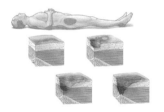

인이 압박인 탓에 보다 적절하게는 압박궤양이라고 부른다.

4) 소변 줄 – 방광에 소변이 많이 차 있으면 일단 한 두 번 정도 소변 줄 즉 비유치(留置) 뇨관을 요도에 잠시 끼워서 방광을 비워준다. 시간이 지남에 따라 방광 기능이 회복되어 소변을 잘 보게 되는 수도 있지만 그렇지 못하면 유치 뇨관을 계속 끼워두어서 방광 안정을 시켜야 한다. 12-24시간 후에 소변 줄을 빼고 방광에 소변이 적당히 차면 물을 적당히 먹고 4-6시간 후에 다시 소변을 본다.

5) 유치도뇨관(indwelling catheter, selfretaining catheter) – 요로에 삽입된 카테터를 그대로의 위치로 고정하고 탈락하지 않도록 한 상태, 방광속의 소변을 배출시키기 위해 요도를 통해 도관을 삽입한 상태

6) 자율신경반사이상(autonomic dysreflexia) – 거의 척수 환자들에게만 발생하는 병적 현상으로서 잠재적 매우 치명적인 응급 상황이 야기될 수도 있다. 증상은 교감신경의 과잉 표현 즉, 심한 두통, 고혈압, 안면과 병변상부의 홍조 및 발한 등이 나타나고 서맥이 흔히 동반된다. 약한 두통에서부터 치명적인 뇌출혈이나 간질에 이르기까지 다양하다. 증상이 발생했을 때 가장 신속히 해야 할 일은 이러한 자극요인을 확인하고 제거하는 일이다. 정상인에게 이러한 반사는 연수에서 나오는 억제신호에 의해 차단되는데, 척수 손상 환자들은 척수병변으로 인해 이 억제신호가 전달되지 않아 증상이 표현되는 것이다. 척수 손상 환자들에서 방광, 요도, 직장 등에 시술이 계획되면 시술 전에 반드시 과거 이러한 병력이 있는지 주의 깊게 물어봐야 한다.

7) 폐활량(vital capacity) - 사람이 한 번 공기를 최대한으로 들이마셨다가 내뿜을 수 있는 가스의 최대량을 의미한다. 폐활량은 정상적인 건강 상태에서 여자는 2500㎖이고 남자는 3500㎖ 정도지만 잠을 자는 휴식 상태에서는 약 500㎖ 정도의 양이 된다. 폐활량은 숨을 최대한 들이마신 다음 힘껏 내쉬면서 측정하는 호기 시 폐활량과 숨을 내쉰 후 최대한 공기를 들이마시면서 측정하는 흡기 시 폐활량으로 구분되는데 이론상 이 두 값은 같게 되어있으나 호흡기질환이 있으면 이 두 값에 차이를 보이게 된다.

8) 호기(呼氣) - 기운(氣運)을 내뿜. 내쉬는 숨,
   허파에서 공기를 내보내는 숨
   흡기(吸氣) - 빨아들이는 기운(氣運), 들이쉬는 숨

9) 기립성저혈압(orthostatic hypotension) 누워 있다가 혹은 앉아 있다가 일어날 때 혈압이 감소하여 어지럽고 갑자기 눈앞이 캄캄하며 때로는 실신하게 되는 상태. 안정 시 혈압에 비해 일어선 경우에 수축기 혈압이 20mmHg 이상, 또는 이완기 혈압이 10mmHg 이상 떨어지는 경우를 의미한다. 정상적인 사람도 갑자기 일어서는 경우, 정맥환류가 감소하여 심박출량이 감소하지만, 척수 손상 환자는 운동신경 감각신경 뿐 아니라 자율신경기능도 감소하여, 자세의 변화에 따라 혈압 감소가 자주 그리고 심하게 일어난다.

10) 복부 압력기 -자동으로 복부를 눌러주는 기계.
    횡격막(복강과 흉강의 사이에 있는, 폐의 호흡 작용을 돕는 근육성의 막이며 가로막이라고도 한다. 흉강과 복강 사이에 있는 근육)을 수축시켜 아래로 내려가게 도와준다. 이는 폐를 확장시켜 폐를 팽창하게

만들고 그로 하여금 폐의 기압이 낮아지게 한다. 이로 인해 외부의 공기가 폐로 들어올 수 있게 도와준다.

11) 두려워 말라 내가 너와 함께 함이니라 놀라지 말라 나는 네 하나님이 됨이라 내가 너를 굳세게 하리라 참으로 너를 도와주리라 참으로 나의 의로운 오른손으로 너를 붙들리라
   /이사야 41장 10절

12) 케네디 공공정책대학원(John F. Kennedy School of Government, HKS) - 미국 하버드 대학교의 공공정책 전문대학원으로 하버드 케네디 스쿨이라고도 불린다. 공공정책, 행정학, 국제관계학, 경제학, 정치학 등에 관련된 다양한 학문을 교육, 연구한다. 석사학위와 다양한 박사 과정 학위 프로그램을 제공하고, 정부 고위직 및 비영리단체 관계자를 위한 최고위 과정도 운영하고 있다.

13) 넬슨 만델라(Nelson Mandela) 1918.7.18 ~ 2013.12.5. - 남아프리카공
   화국 최초의 흑인 대통령이자 흑인 인권 운동가. 종신형을 받고 27년여
   간을 복역하면서 세계 인권 운동의 상징적인 존재가 되었다. 저서로는
   자서전《자유를 향한 머나먼 여정》등이 있다.

14) 페이지터너 리더블 3 - 독서보조기

책을 들거나 책장을 넘기기 어려운 분들을 위
한 페이지 자동 넘김 기능의 독서보조기. 보호
자의 도움 없이 침대에서 사용이 가능하며 리
모콘 또는 스위치 등을 활용해 페이지의 전후
이동이 가능하다. 장애 등으로 무선 스위치를
사용하기 어려운 경우 스캔 모드를 활용, 유선
스위치 연결사용도 가능하다.

15) 장애인콜택시 - 중증 장애인에게
   이동 편의를 제공, 장애인의 사회참
   여 확대를 위해 서울시설공단에서
   운영하는 사업이다. 서울 이외에도
   각 지역별로 운영되고 있다.

16) 1968년 수잔느 코에프에 의해 만들어진 국제표준 ISO 장애인 마크(그
   림 왼쪽)에 대해 많은 사람들이 '딱딱하다', '무기력해 보인다' 같은 의견
   을 내며 변경을 요구했다. 의견에 공감하던 뉴욕의 한 디자이너 '사라 헨
   드렌(Sara Hendren)'은 새로운 마크를 고민하게 되었고, 누군가 휠체어
   를 밀어주기만을 바라는 모습을 직접 휠체어를 밀려는 손짓과 몸을 기
   울이며 앞으로 나아가려는 역동적인 모습으로 바꾸었다(그림 오른쪽).

사라 헨드렌은 바뀐 마크를 사람들에게 알리기 위해 뉴욕 거리에 있는 기존 장애인 마크 표지판에 스티커를 붙였다. 뉴욕 주는 공공기물을 훼손하는 행위라며 부정적인 반응을 보였지만, 시민들이 자발적으로 스티커를 붙이는 프로젝트에 동참하게 되었고 2014년 7월, 46년 만에 사라 헨드렌의 장애인 마크를 공식적으로 사용하기로 결정지었다.

출처

간호학대사전, 대한간호학회
국민건강정보포털 의학정보 health.mw.go.kr
서울대학교병원 의학정보
두산백과사전 doopedia
위키백과사전 Wikimedia

부활 김 태 원

음악이라는 위대한 에너지는
누군가를 치유하고 스스로를
치유할 수 있다는 '예'이고 이나
cross 의 체험,,,,,,
그의 생이 사람들을
치유한다.

**국회의원 나 경 원**

사고로 목소리를 잃고 다시는 노래하지 못할 거라던 그가 사지마비를 딛고 사랑하는 이들과 함께 희망가를 부릅니다. 지금까지 그가 살아온 이야기와 아픔을 극복하는 과정에서 느껴 온 감동이 담긴 《넌 할 수 있어》는 어려움에 빠져 있는 이들에게 희망을 전하고 비장애인들의 장애에 대한 편견을 뛰어넘어 닫혔던 마음의 눈을 뜨게 해주는 에세이집입니다.

갑작스러운 사고로 전신 마비 소식을 접하고 가수로서 키워 왔던 꿈도 포기해야 하는 순간에 마주했지만, 그를 사랑하고 믿어주는 이들의 "넌 할 수 있어"라는 외침을 통해 그의 두 번째 인생은 시작되었습니다. 그리고 그는 말합니다. "미래의 내가 현재의 나를 미워하지 않도록, 아픈 과거를 되새기거나 힘든 미래를 걱정하는 건 잠시 접어두자. 당신은 할 수 있다."

흔히 장애는 불행할 것이라 짐작하지만 그는 결코 그렇지 않음을 온몸으로 이야기합니다. 그동안 내가 가지지 못한 것만 생각하느라 가지고 있는 것을 깨닫지 못했지만, 이제는 무엇을 가지고 있는지 안다며, 극적인 회복과 희망에 대한 이야기를 이 책 《넌 할 수 있어》에 고스란히 담았습니다.

많은 이들에게 행복을 노래하는 그의 태도와 긍정적인 시각은 어려움을 겪고 있는 이들에게 희망의 메시지를 전달할 것 입니다.

다시 한 번《넌 할 수 있어》를 통해 새로운 이야기를 펼쳐 갈 혁건 군에게 응원의 말씀을 전하며, 많은 분들이 이 책을 통해 더 감사하고, 행복해지길 바랍니다. 감사합니다.

**온누리교회 담임목사 이 재 훈**

 김혁건 형제는 '더 크로스'라는 락 그룹에서 리드싱어로서 탁월한 소리로 노래하는 가수였지만 불의의 사고로 전신장애를 입게 되었습니다. 그러나 하나님께서 형제를 찾아와주셨고 장애를 극복할 수 있는 믿음을 주셨습니다. 온누리교회에서 세례 받고 하나님의 사랑 가운데 거하면서 이제는 방영봉 교수님의 복식호흡 보조 로봇을 이용해서 다시 노래를 부를 수 있게 되었습니다. 예전의 소리는 낼 수 없지만 또 다른 의미에서 더 아름다운 소리를 낼 수 있게 되었습니다. 이 책에서 김혁건 형제는 자신의 꿈과 절망 그리고 회복의 여정을 가감 없이 풀어내고 있습니다. 그의 꾸밈없는 고백 속에서 장애의 장벽을 극복한 한 젊은 청년의 승리를 경험할 수 있습니다. 장애는 결코 희망을 무너뜨릴 수 없음을 알 수 있게 될 것입니다. 김혁건 형제의 고백은 작은 실망스러운 일에도 절망하고 작은 자극에도 분노하는 이 시대의 많은 젊은이들에게 꼭 필요한 이야기입니다. 많은 분들에게 읽혀져서 고난을 뚫고 승리하는 많은 젊은이들이 태어날 수 있기를 소망합니다.

추천사

**서울대 융합기술원 방 영 봉**

실력 있고 인기를 누리던 가수가 갑자기 사지마비 장애인이 되어 절망에 빠지게 되지만, 하나님의 사랑을 보여주는 가족과 이웃으로 인해 자존감을 회복하고 주어진 삶을 감사하게 됩니다.

그리고 이제는 남에게 희망을 주고 사랑을 나누어주는 삶을 살고 있는데, 이 책에서는 이러한 과정을 진솔하게 보여주고 있습니다. 삶에 지친 모든 분들이 이 책을 통해 용기를 얻고 감사하는 삶을 살게 되기를 바랍니다.

**국립재활원 병원부장 이 범 석**

잊을 수 없는 것은 퇴원 후에도 입원 중인 경수 손상 환자들을 위한 '하모니카 교실'을 열어서 봉사하던 혁건 씨의 선한 눈빛과 순수한 마음입니다.

경수 손상으로 사지마비가 된 경우, 복근과 가슴호흡근이 마비되어 노래를 다시 한다는 것은 매우 어려운 일입니다. 그 힘든 일을 해낸 혁건 씨의 용기와 도전에 힘찬 박수를 보냅니다.

많은 사람들에게 용기를 줄 것 같습니다.

추천사

**크리에이티브 디렉터 드러머 남궁 연**

누가 이보다 더 진심으로 우리에게 '넌 할 수 있어'라고 말할 수 있을까?